Goldmann Großschrift

Lise Gast, am 2. Januar 1908 in Leipzig geboren und bis 1948 in Schlesien wohnhaft, war vor ihrer Heirat Landwirtschaftslehrerin. Nach dem Krieg, in dem sie ihren Mann verlor, siedelte sie mit ihren acht Kindern nach Württemberg über, wo sie in Lorch einen Ponyhof gründete, auf dem sie noch heute lebt. Ihre zahlreichen Bücher sind erfüllt von Fröhlichkeit, Herzenswärme und unverwüstlicher Lebensbejahung.

Außer dem vorliegenden Band sind von Lise Gast als Goldmann-Taschenbücher (in Normalschrift) erschienen:

Bittersüß wie Schlehenduft. Roman (3827)
Das Familienkind. Roman (3458)
Geliebter Sohn. Roman (3393)
Das Haus der offenen Türen. Roman (3368)
Hochzeit machen, das ist wunderschön. Roman (3414)
Das Leben findet heute statt. Roman (3427)
Männer sind Gänseblümchen. Roman (3387)
Die Reise nach Ascona. Roman (3375)

Junge Mutter Randi. Roman (3710)
Randi und das halbe Dutzend. Roman (3474)
In Liebe – Deine Randi. Roman (3488)
Die Schenke zur ewigen Liebe. Roman (3978)
Morgen oder übermorgen. Roman (3442)

Lise Gast

Morgen oder übermorgen

Roman

Wilhelm Goldmann Verlag

Made in Germany · 7/81 · 1.–20. Tsd.

Lizenzausgabe mit Genehmigung des Ehrenwirth Verlages
Umschlagentwurf: Atelier Adolf & Angelika Bachmann, München
Umschlagfoto: Studio Floßmann, München
Satz: IBV Lichtsatz KG, Berlin
Druck: Presse-Druck, Augsburg
Verlagsnummer: 7201
Lektorat: Gerda Weiss · Herstellung: Sebastian Strohmaier
ISBN 3-442-07201-8

I

Als sie das Kino verließen, stumm wie die andern stummen, meist jungen Zuschauer, wurden sie aneinandergeschoben, und Maike glaubte einen Augenblick lang, er würde den Arm um sie legen, hier im anonymen Gedränge der Menschen. Aber Peers Hand suchte nach etwas in der Tasche seines hellen Sportmantels – aha, das Feuerzeug. Wie immer, mußte er sich nach einem Film, der ihm naheging, eine Zigarette anzünden.

Regnete es? Maike hob ein wenig das Gesicht, nicht nur nach dem Himmel, sondern vor allem etwas nach links, zu Peers Gesicht hin, und siehe, es war dicht über ihrem. Immer fühlte sie solch eine beseligende Zärtlichkeit, wenn sie merkte, wieviel größer er war als sie. Ihre Schulter paßte genau unter seine, wenn sie eingehakt gingen. Auch jetzt durchfuhr es sie heiß – und da legte er den Arm um sie. Nun war die Welt in Ordnung.

»Na?« fragte Peer nach einer Weile, als der Strom der Menschen sich zu verteilen begann und man ringsum mehr Raum bekam, Raum zum Schnellergehen und Sprechen.

»Ich weiß nicht.« Plötzlich war der Schluß des Films wieder da, dieser traurige, deprimierende, dieser Schluß, der eigentlich keiner war und einen denken ließ: Nein, so soll das Leben nicht sein! Sie sagte das.

»Nein. Nein! Oder findest du, es war richtig so?«

»Ich bin ja keine Frau«, sagte Peer und sah grübelnd in die Höhe. Maike wußte, daß dies seine Angewohnheit war, hatte es oft beobachtet. Peer sah nie vor sich hin, wenn er angestrengt über etwas nachdachte, sondern hinauf, als käme die Erleuchtung von oben. Es hatte sie oft seltsam berührt, beinah geängstigt, sie konnte sich nicht recht erklären, wieso. Er war so weit weg von ihr, wenn er so in die Höhe sah.

»Aber ich«, sagte sie heftig und lauter als vorher, als wolle sie ihn zu sich herunterrufen. »Ich bin eine. Warum sagt sie nichts? Sie lieben sich doch.«

»Vielleicht deswegen?« Es klang grübelnd. »Vielleicht spricht man sowieso zu viel, wenn man liebt?«

Maike schwieg. Wieder war er weit weg, so weit in seiner Männerwelt, die fremd und unerreichbar schien – im Augenblick. Sie suchte ein Wort und fand keines, ihn aus seinen Gedanken herauszuholen, anzurufen, zu rütteln: Sieh nicht in die Luft, sieh mich an! Hier bin ich, warm, lebendig, wirklich – sehnsüchtig danach, von dir zu hören, bestätigt zu bekommen: ›Das ist bei den beiden so. Bei uns nicht. Bei uns gibt es das Wort, das dort fehlt, das unausgesprochen bleibt und dadurch die Tragik der Geschichte bewirkt. Wir würden eben sprechen. Wir…‹

Wir?

Ich, dachte Maike verstummend. Ich, ja, ich hätte gesprochen. Bestimmt. Bei etwas so Wichtigem – aber er?

Vielleicht spricht man zuviel, wenn man liebt.

Nein! Oder doch, vielleicht, vielleicht hatte er recht. Vielleicht war es die Art der Frauen, die weibliche Art, alles auszusprechen – ›ich liebe dich‹ oder, wenn ein anderes Mädchen einen fragt: ›Ich liebe Peer.‹ Männer tun das nicht gern. Männer sind zurückhaltender, weniger spontan – man sollte sich danach richten. Halt also, stopp, Achtung, ihn nicht verletzen! Aber bei so etwas Wichtigem, bei dem Wichtigsten, das zwischen zwei Menschen geschehen kann, bei der Tatsache: Ich bekomme ein Kind – nein: *Wir* bekommen ein Kind...

»Du meinst also, es war richtig, daß sie nichts sagte?« fragte sie nach einer Weile mit möglichst ruhiger und sachlicher Stimme. Es gelang. Sie atmete auf. »Und auch richtig, was sie tat? Daß sie das tat?« Nun wankte der Ton doch ein wenig. Aber Peer brauchte es ja nicht zu merken.

»Was sie tat, war nicht richtig. Ohne ihn zu fragen«, sagte er sofort. Es klang überzeugt und fest, Maike fühlte eine eigentlich nicht ganz gerechtfertigte Erleichterung. Das Problem des Films wollte zu ihrem eigenen werden, sie merkten es beide und scheuten sich davor, weiterzusprechen. »Gespielt haben sie übrigens sehr gut«, fuhr er deshalb ein wenig hastig fort, als wolle er verwischen, was er von seiner eigenen Meinung bloßgelegt hatte, »nie hätte ich der Kleinen das zugetraut. Ich hab' sie bisher nur in andern Rollen gesehen, da war sie mäßig. – Er war übrigens auch gut, kanntest du ihn schon?«

»Nein. Nie gesehen«, sagte sie fügsam. Wenn er nicht weiter über das Problem selbst sprechen wollte, gut, von ihr aus!

Sie schwiegen eine Weile und gingen nebeneinander her, wie sie es hundert- und hundertmal getan hatten: ihre linke Schulter unter seiner rechten, sein Arm auf ihrem Nacken. In guter Hut, so hatte sie es immer empfunden. In guter Hut?

»Du, ich muß heim«, sagte er plötzlich. Es war wie ein Erwachen, wie ein Ruck – und sie hatte gerade gedacht: ›Und was unternehmen wir jetzt?‹ Meist tranken sie nach einem Film noch irgendwo etwas, er ein Bier, sie eine Coca oder einen Kaffee, und unterhielten sich noch, ließen das Schwungrad auslaufen.

Sie war enttäuscht. »Aber morgen ist doch – ich meine...« – sie hatte es nicht sagen wollen, aber es war schon zu spät. Vielleicht sprechen wir alle in der Liebe zuviel...

»Sonntag? Ja. Der einzige Tag, an dem man wirklich zur Arbeit kommt.« Er sagte es grimmig, aber mehr zu sich und dem ganzen Leben als zu ihr, das merkte sie genau. »Ich muß endlich vorankommen, wie lange soll denn das noch dauern! Andere machen den Doktor in einem halben Jahr!«

»Und andere wieder nicht mal in dreien!« sagte

Maike schnell, es klang zärtlich-lustig, und das war der Ton, in dem sie meist miteinander sprachen, anders als vorhin. Vorhin war auch sie ihm fern gewesen, auf eine merkwürdige Art entrückt, sehr erwachsen – jetzt kannte er sie wieder: Sie war trotz ihrer nun schon sechs Semester Medizin im Grunde doch noch ein Kind. Ein liebenswertes Kind, munter, zum Lachen bereit, sooft es ging, reizend auf eine Art, die er sehr mochte. Er wandte sich ihr auch jetzt spontan zu und küßte sie, hier mitten auf der nächtlichen Straße, auf die Nasenspitze.

»Na endlich. Das war doch ein Wort«, sagte sie befriedigt. »Danke. Ungeküßt soll man bekanntlich nicht schlafen gehen. – Du, übrigens – es paßt mir sehr gut, wenn wir uns morgen nicht treffen«, fuhr sie fort, sachlich-gutgelaunt wie immer sonst. »Ich hab' mir schon so lange vorgenommen, zu Muck zu gehen. Ewig lange. Nie sieht man sie. Oder hast du sie in letzter Zeit mal getroffen?«

»Kann mich nicht erinnern.«

Muck, eigentlich Marlies von Buch, eine Kollegin von Peer, also cand. phil., auch von ihm ›eingeschleppt‹, wie sie es unter sich nannten, saß gleich ihm an der Doktorarbeit, oder saß, wie Maike im Grunde ihres Herzens fürchtete, schon lange nicht mehr dran. Sie hatte einige weite Reisen gemacht; das Reisen gehörte bei ihr zum Leben wie bei andern das Atmen, Marokko, Istanbul, was weiß ich noch. Mit wenig Geld und vielen Entbehrungen, aber begierig, aufzunehmen, was aufzunehmen war in fremden Ländern; entschlossen, nicht am Leben vorbeizuleben, es ganz zu erfassen. Zur Zeit aber mußte sie wohl im Lande sein.

»Jemand hat mir erzählt, er habe sie gesehen, ziemlich verschlampt, aber das kennt man ja bei ihr, die fängt sich wieder«, sagte Maike. »Wer war es noch? Nicht Olav Hasse, nein, der nicht, das weiß ich genau. Ich ahne gar nicht mal, ob die beiden noch zusammen sind.«

»Er ist in Bonn, weißt du das nicht?« fragte Peer. »Du, hör mal – laß Muck doch laufen. Wenn du schon sagst: verschlampt...«

»Ach was, penibel sind die Buchs alle nicht.« Maike marschierte fröhlich und unbefangen neben ihm her, während sie vor sich hinlachte. »Muck ist trotzdem in Ordnung. Wenn da mal ein Knopf fehlt oder die Schuhe durchgelaufen sind, deshalb macht die doch Prüfungen, daß es nur so raucht. *Wenn* sie sie macht...«

»Ja, eben, wenn. Das Staatsexamen hat sie toll hingekriegt, das ist wahr. Kennst du eigentlich die Geschichte mit Professor Sperling?«

»Nein, welche?«

»Na, als Muck drankam. Da hatte sie sich unwahrscheinlich zusammengerissen, man erkannte sie kaum. Kostüm, seidene Bluse – sicher alles gepumpt, aber es saß auf den Pfiff – und das Haar duftig onduliert. Ja, so begegnet sie also vor dem Mündlichen dem Professor. ›Na‹, sagt der, ›Sie sind ja heute so schön!‹ Es war also nicht nur uns aufgefallen. Und weißt du, was das freche Stück darauf antwortet? ›Ja, wir lassen uns unsere Einsen was kosten!‹ Das war sogar für Sperling etwas zuviel. ›So, mit Eins wollen Sie es machen, ausgerechnet Sie?‹ fragte er etwas säuerlich. Und Muck, ohne mit der Wimper zu zukken: ›Wollen wir wetten?‹ Sie hat tatsächlich mit Eins bestanden. Toll, was?«

»Ja, wirklich! Nein, diese Geschichte kannte ich noch nicht. Echt Muck. Hätte aber auch schiefgehen können. Ach Peer, wenn ich dran denke, wie lange ich noch habe bis dahin!«

»Vielleicht nicht so lange wie Marlies«, sagte er und machte wieder sein abweisendes Gesicht. »Ich finde, wenn man so begabt ist wie sie, das verpflichtet. Außerdem haben ihre Eltern genug drangewendet, daß aus ihr was wird! Da sollte man wahrhaftig fertigmachen und nicht aufgeben.«

»Erstens hat sie den Eltern gar nicht so enorm viel gekostet«, sagte Maike und nahm leidenschaftlich Partei, »Muck hat fast immer ein Stipendium bekommen, weil sie so ausgezeichnete Fleißprüfungen macht und alle Scheine zur Zeit bringt. Ich weiß das zufällig. Sie hat viele Geschwister, wie viele, ahne ich nicht mal. Aufgeben, Muck? Nie im Leben! Die ist schon in Ordnung, und ich gehe morgen und sehe nach ihr, daß du es nur weißt. Man kann alte Freunde nicht einfach über Bord werfen, wenn sie mal – mal...«

»Was denn: mal?« fragte er amüsiert. Wenn Maike sich so temperamentvoll für etwas einsetzte, fand er sie hinreißend.

»...mal eine Weile nicht in den heiligen Hallen der Uni zu sehen sind. Außerdem können wir sie einfach übersehen haben, oder vielleicht ist sie krank. Ein Grund mehr, sich um sie zu kümmern. Was hast du eigentlich an ihr auszusetzen, sie ist doch *dein* Mitbringsel.«

»Gewesen«, sagte Peer und lachte leise. »Du hast sie längst übernommen. Oder nicht?«

»Doch. Ich mag Muck sehr gern.« Sie waren an dem Haus angekommen, in dem Maikes »Bude« lag, und blieben stehen. »Also?«

»Also? Na schön. Tu, was du nicht lassen kannst! Gute Nacht, geliebtes Weib«, sagte Peer pathetisch und nahm sie in die Arme. »Rechtes Auge, linkes Auge, Nasenspitze, Mund. Schlaf schön, mein Liebes, und grüß meinetwegen Muck von mir, die alte Scharteke. Ich werde morgen energisch auf die Tube drücken und büffeln, daß mir der Kopf raucht.«

»Fein. Hoffentlich mit Erfolg!«

Er nahm ihr, wie immer, den Schlüssel aus der Hand, schloß auf und schubste sie liebevoll-herzhaft ins dunkle Treppenhaus. »Los, los, los. Abschiednehmen soll man stets im Schweinsgalopp.«

Dann wartete er, bis oben ihr Fenster hell wurde. Sie öffnete es, beugte sich heraus.

»Tütü!« machte sie halblaut.

»Tütü!« anwortete er zärtlich. Dann wandte er sich und stapfte seiner Bude zu, die Hände in den Manteltaschen, tief in Gedanken.

Maike wachte auf, atmete tief und schloß dann wieder die Augen. Gottlob, es war nur ein Traum gewesen. Daß man so deutlich und so schrecklich träumen konnte!

Natürlich war der Film von gestern abend die Ursache. Maike seufzte noch einmal. Ein Glück, daß es nicht wahr war. Sie hatte geträumt, Peer sei ihr böse. Richtig böse, zum Trennen böse. Und sie hatte sich an ihn geklammert und gebeten und gebeten, er solle doch wieder gut sein. So, wie sie es in Wirklichkeit nie tun würde. In Wirklichkeit war er ja auch noch nie böse gewesen, so jedenfalls nicht...

Natürlich war es der Film! War er richtig, richtig angelegt und gelöst? Sie vermochte nicht, es zu entscheiden. Das junge Mädchen darin, sehr glücklich mit dem sehr netten Freund, erwartete ein Kind von ihm, wagte nicht, es ihm zu sagen, und ging durch alle Höllen der Angst und der Erniedrigung. Maike schauderte.

Nein, es war gut, wenn einem das nicht passieren konnte. Wenn man wartete. Warten war unmodern, und ganz genau wußte sie auch nicht, wie Peer eigentlich darüber dachte. Richtig ausgesprochen hatten sie sich nie darüber, grundsätzlich, so etwa: ›Auf meinem Programm steht...‹ Sie hatten eben gewartet, weil er spürte, daß Maike warten wollte. War es richtig, das zu wollen, nur aus Angst, aus Vorsicht, aus dem Gefühl heraus: So etwas wie dies im Film soll mir nicht passieren können?

Natürlich wartete sie nicht nur deshalb. Aber

auch. Andererseits war es oft sehr schwer, sich zu trennen, wenn sie merkte, Peer konnte nicht los von ihr. Männer sind nun einmal anders als Mädchen. Und sie liebte ihn, sie wußte es genau, sie wünschte sich nichts sehnlicher, als ihn zu heiraten, wenn es soweit war. Sie waren nicht verlobt, wie man das früher nannte, aber sie gehörten zueinander. Das war so sicher wie das Amen in der Kirche.

Und wenn er sie eines Tages vor die Entscheidung stellte: Entweder du sagst ja, oder wir müssen uns trennen? Was würde sie antworten? Sie hatte schon manchmal daran gedacht. Immer flüchtete sie dann in die Antwort: Das würde Peer nie tun. Peer ist nicht so wie andere. Aber wenn?

Sie fand keine Antwort. Schluß jetzt damit, aufstehen, kalte Brause. Dieses Grübeln führte zu nichts!

Unter dem stürzenden Wasser wurde sie wieder getroster und ganz wach. Sonntag, Peer arbeitete, und sie? Richtig, sie wollte zu Muck. Na schön. Peer hatte es ihr eigentlich ausreden wollen – sie verstand seine leicht hingeworfenen Sätze dieser Art, die im Grunde sehr ernst gemeint waren, genau richtig –, aber sie ging trotzdem hin. Vielleicht war Muck ja auch nicht da, dann konnte sie, Maike, auf Peers Frage: Hast du Muck gesehen? ehrlicherweise mit nein antworten. Dumme Kümmelspalterei, damit sollte man gar nicht erst anfangen. Jeder konnte doch seine Meinung haben und danach handeln. Das würde einmal eine schöne Ehe geben, wenn sie immer nur nach Peers Ansichten schielen und nichts mehr tun dürfte, was er mißbilligte. Wenn er sie sehr um etwas bat, konnte sie das natürlich respektieren. Aber gebeten hatte er nicht, nur spüren lassen, daß er nicht einverstanden war. Sie machte sich also auf den Weg.

Marlies von Buch war ein großartiger und patenter Kerl, wenn auch, zugegeben, etwas »genial«. Maike wußte, daß diese »Genialität«, soweit sie das Äußere betraf, Peer nicht weiter störte. Aber in bezug auf das Studium dachte er streng, ja, geradezu übertrieben genau. Auch wenn jemand kein Stipendium bekomme, schulde er dem Staat eine Menge Geld, wenn er studierte, hatte er ihr einmal ganz schroff gesagt, als eine ihrer Freundinnen ein angefangenes Studium leichtfertig aufgab und Sekretärin wurde, ›weil man da eher und viel leichter zu Geld komme‹! Er hatte seine Ansicht damals sogar mit Zahlen belegt, sie erinnerte sich nicht mehr genau, mit welchen. Aber sie wußte noch: das, was man selbst, beziehungsweise die Eltern zahlen, ist nur ein kleiner Teil dessen, was ein Student bis zum Examen dem Väterchen Staat kostet. Also! Die Art, wie viele ›studierten‹, um einen Mann zu bekommen, verurteilte sie selbstverständlich auch. »Wer im ersten Semester nicht den Doktor kriegt, muß ihn selbst machen«, hieß es bei den Medizinern. Aber das war ja nur ein Teil der studierenden Weiblichkeit. Weder sie selbst noch Muck gehörten dazu. Sie hatte das Physikum nach fünf Semestern gemacht und Muck das Philosophikum, später ihr Staatsexamen mit Eins, bitte! Daß Muck sich nun mit dem Doktor Zeit zu nehmen schien, war ihre Sache, vielleicht machte sie ihn gar nicht, sondern nur den Schuldienst. Außerdem – wie viele gaben ihre erste Doktorarbeit zurück, wenn sie ihnen gar nicht lag, in allen Fakultäten kam das vor. Das brauchte nicht auf Faulheit zu beruhen.

Maike war in ihr helles Hemdblusenkleid geschlüpft und zog den Gürtel zu. Wie braun sie war! Ein Tag im Freibad, und sie sah aus, als komme sie gerade von einem sechswöchigen Seeurlaub zurück. Sie bürstete das kurze Haar, das jetzt im Hochsommer streifig gebleicht schien. So hell wie Peers war es nicht, aber fast. Peer...

Noch jetzt bebte sie innerlich, wenn sie in Gedanken an den Traum rührte. Peer böse – etwas Schlimmeres gab es für sie nicht. Peer war wichtiger als Vater und Mutter, schon lange, Peer war das A und O. Er wußte das auch – leider. Deshalb mußte man von Zeit zu Zeit einmal die eigene Meinung durchsetzen, wenigstens in Kleinigkeiten. Männer wünschen sich keine Jasagemaschinen, sondern verständige Frauen, die ihnen gewachsen sind und eigene Urteile haben, sie wollen keinen Efeu mehr, der sich um die Eiche rankt. Vielleicht hatten sie das auch früher gar nicht gewollt. Im Grund zwar richtete man sich nach ihnen, sogar gern. Aber manchmal eben nicht. So heute.

Die Stadt war sonntagsleer und schon sehr heiß.

Maike überquerte den schrägen Marktplatz mit dem buckligen Pflaster und wandte sich dann der Ausfallstraße nach Norden zu. Immer, wenn sie dieser Straße folgte, mußte sie an jenen Tag denken, an dem sie in die Buchsche Gärtnerei hinausgegangen war, auch allein, im Herbst. Jemand hatte ihr erzählt, daß Mucks Bruder verunglückt sei, und sie hatte vergeblich versucht, Muck am Telefon zu erreichen. Es sei ihr jüngster, ihr Lieblingsbruder, hatte sie gehört; Maike kannte ihn nicht persönlich, nur aus Mucks Erzählungen. Er diente bei den Gebirgsjägern, und es hieß, ein ganzer Trupp junger Soldaten habe sich verstiegen. Man habe versucht, sie mit Hubschraubern zu bergen, aber vergeblich.

Dann aber stellte sich heraus, daß das Gerücht nicht stimmte, oder nur zur Hälfte. Verstiegen hatten sich die Jungen, aber sie waren geborgen worden, alle Mann, keiner war umgekommen. Welch unerhörte Erleichterung, als sie zu Muck gekommen war, auf die schlimmste Nachricht gefaßt, und dann dies hörte!

Sie besann sich noch genau auf den Tag. Es mußte September gewesen sein, aber er war ihr wie ein Novembertag in Erinnerung geblieben. Grau und diesig, mit dem Ruch nach Kartoffelfeuern in der Luft, jenem Herbstgeruch, den sie eigentlich sehr liebte. Je näher sie gekommen war, desto langsamer war sie gegangen. Und als sie dann, nach Mucks Richtigstellung der Geschichte und unzähligen seligen »Gottseidanks«, sich wieder verabschiedete, kam die Sonne überraschend heraus, und die nassen Dahlien der Gärtnerei funkelten auf. Muck hatte eine angehoben und ihr Gesicht hineingedrückt, vielleicht, damit man nicht sah, daß Tränen darübergeflossen waren, während sie miteinander in der dämmerigen Stube saßen. Man zeigt Tränen nicht gern, auch nicht der besten Freundin. Muck hatte, so erzählte sie, zunächst auch die andere, die schreckliche Nachricht gehört und wußte erst seit wenigen Stunden, daß sie übertrieben und nicht zutreffend war.

Damals waren sie einander sehr nahe gewesen, Muck und sie, das wußte Maike, eigentlich das erstemal, seit sie sich kannten. Muck war sehr gerührt, daß Maike den weiten Weg bis zur Gärtnerei herausgelaufen war; man brauchte fast eine Stunde vom Zentrum des Städtchens aus. Die Gärtnerei gehörte dem ältesten Bruder Mucks, der auswandern wollte. Muck bewohnte eine winzige Stube neben der seinen, und die Küche wurde gemeinsam benützt. Meist ging das so vor sich, daß Muck für beide kochte und der Bruder alle paar Tage für beide abwusch und zusammenräumte. Viel Zeit hatten sie alle zwei nicht. Sie lebten sehr billig auf diese Weise. Das wenigstens verdankten sie der Gärtnerei, mit der sonst nicht viel Staat zu machen war.

»Martin geht nächstens weg, er hat drüben schon ein paar Eisen im Feuer«, hatte Muck damals gesagt, und seitdem hieß es immer noch ›nächstens‹. Es haperte an irgendeiner Ausreisegenehmigung oder

Impfung oder sonst so etwas. Maike hatte nie danach gefragt.

An das alles mußte sie denken, während sie an diesem heißen Julisonntagvormittag zu Muck hinauswanderte. Das Korn fing schon an, sich gelb zu färben, es war dieses Jahr durch keine stürzenden Gewitterregen niedergeworfen, sondern stand aufrecht wie eine Bürste hoch und ließ den sachten heißen Wind über seine Oberfläche hinspülen. Maike sah es im Vorbeiwandern und versuchte, sich an ein Gedicht zu erinnern, aber es fiel ihr nicht ein. Vielleicht war Martin nun wirklich fort und Muck allein? Vielleicht war sie krank, und keiner kümmerte sich um sie? Jetzt links, da lag das niedrige, langgestreckte Haus, an das die Warmhäuser angebaut waren. Maike fühlte eine kleine Bangnis, als sie das winzige Gartentor, das nur mit einem Haken verschlossen war, herumhob. Was erwartete sie?

Zunächst ein Kater, schneeweiß und von jener haltungsvollen Gelassenheit, die ältere Tiere dieser Gattung auszeichnet. Er kam ihr entgegen und strich, als sie ihn ansprach, freundlich um ihre Beine, was aber höchstens als Zeichen einer gnädig verschenkten Huld zu werten war, gewiß nicht als Ausdruck einer Schmeichelei oder gar des Bettelns. Maike streichelte ihn und richtete sich wieder auf.

»Hallo?« rief sie halblaut.

Keine Antwort.

»Hallo, Muck, hallo, Herr von Buch?«

Stille. Die Heckenrosen, die die kleine Tür des

Hauses umwucherten, blühten gerade, auch am Zaun wuchsen Rosen, wild, unbeschnitten. Die Sonne prallte herab wie ein Scheinwerfer. Maike hatte das Gefühl einer Verzauberung zur Stunde des Pan, wie sie so stand und lauschte.

Am Zaune blüh'n die Rosen,
und hinten reift das Korn.
Da hat schon mancher manches
gefunden und verlor'n.
Dem einen ging das Herz auf,
dem andern brach's entzwei...

Wie es weiterging, wußte sie nicht. Aber sie wußte auch, daß es nicht das Gedicht war, auf das zu besinnen sie sich halb unbewußt den ganzen Morgen schon bemühte. Angstvoll und zugleich ärgerlich über sich selbst versuchte sie, den seltsamen Bann abzuschütteln, rief noch einmal und ging dann herzhaft und mit hörbaren Schritten auf die kleine Haustür zu.

»Hallo, Herr von Buch – wo bist du, Muck?«

»Hallo, hier!« antwortete es. Maike fiel ein Stein vom Herzen, sie erkannte Mucks Stimme. Schnell öffnete sie die nächstliegende Stubentür und trat ein.

Das Zimmer wirkte, wenn man es zuerst betrat, ein wenig schummrig, das kam von dem vielen wilden Wein, der um das Fenster wucherte. Gleich darauf aber erkannte man alles genau: den niedrigen

Tisch am Fenster, auf dem Schreibmaschine, Kaffeetassen, Papier und Kleiderbürsten sich ein fröhliches Stelldichein gaben, neben dem Bett einen Stuhl, hochbepackt mit Kleidern und allerlei Kram, und das Bett selbst. Im Bett Muck, das Gesicht Maike zugewandt, lachend, ein wenig schuldbewußt, rotgeschlafen. Krank auf keinen Fall, wahrhaftig.

»Bist du noch zu retten, am hellen Tag in der Falle!« sagte Maike tadelnd und setzte sich seitlich auf den Kleiderhaufen des Stuhles, während sie Muck in den dunklen Schopf fuhr. »So was von Faultier! Ist es also doch kein Gerücht, daß du abgerutscht und der menschlichen Gesellschaft verloren bist.«

»Sagt man das?« blinzelte Muck vergnügt. Maike verstand wieder einmal, daß alle – oder fast alle – jungen Männer Stielaugen bekamen, wenn in irgendeinem Lokal Marlies von Buchs Gesicht auftauchte. Es war kein bißchen hübsch im landläufigen Sinne, eher flächig und breit. Muck war auch nicht groß, aber gerade in den Schultern, sie hielt sich sehr aufrecht, und es ging ein merkwürdiges Leben von ihr aus. Der Mund, mit ein wenig aufgeworfenen Lippen, war weit ausgezogen und von frischer Farbe, trotzig aufgestülpt – Maike hatte schon einen ähnlichen bei einer sehr jungen amerikanischen Filmschauspielerin gesehen, die in einem Märchenfilm ein wildes, gar nicht duldendes, sondern rebellisches Aschenputtel spielte. Einen solchen Mund wie diese Frau hatte Muck, und ihre Augen waren von einem gleichmäßigen Blau, ähnlich der Sorte Rittersporn, dessen Farbe wohl – Maike besann sich nicht genau – im Katalog als »Eisblau« geführt wurde. Dieses Eisblau hatte mit Kälte nichts zu tun, es erinnerte an den Farbenwechsel und das Schillern sonnendurchstrahlten Eises, das blitzschnell von Dunkel zu Hell variiert. So ähnlich waren Mucks Augen.

»Jawohl sagt man das«, antwortete sie, es sollte strafend klingen, gelang aber nicht ganz. Mucks spürbar gute Laune war sofort, einer warmen Flutwelle gleich, auf sie übergegangen.

»Dann laß sie reden, schweig fein still«, lachte Muck und streckte sich behaglich aus. Ihr Deckbett war bunt überzogen, rot und blau gewürfelt, und sie selbst trug einen gestreiften Pyjama, der nach brüderlicher Herkunft aussah. Es roch frisch im Zimmer, nach Seife und Lavendel, und auch nach gutem Kaffee – Maike schnupperte.

»Deine Nase hat recht«, sagte Muck und deutete mit dem Kinn hinüber zu einem anscheinend selbst gebastelten Regal, wo Tauchsieder, Kaffeekanne, Milchdosen und Filter zu sehen waren. »Wie wär's, wenn du uns einen brühtest, einen richtigen Sonntagskaffee, zum Munterwerden?«

»Klar, mach' ich. Wasser ist...?«

»Im Flur. Dort befindet sich die Zapfstelle unseres Châteaus. Du mußt entschuldigen, wenn ich nicht aufstehe, aber mein Siechtum verbietet mir...«

»Bist du krank?« fragte Maike, sich sofort umwendend. Sie war an das Regal getreten, sah aber jetzt besorgt zu der Freundin zurück. Die lachte.

»Es war einmal. Aber im Bett bleib' ich, besonders wenn ich so lieben Besuch habe, der zweifellos jetzt Besen und Eimer ergreifen und das ganze Haus gründlich unter Wasser setzen wird.«

»Denkste.« Maike war froh, Muck so reden zu hören. Erstens, daß sie wirklich krank gewesen war – das konnte sie Peer gründlich unter die Nase reiben, wie günstig! –, und zweitens, daß es ihr zweifellos schon wieder bessser ging. Und fünftens und sechstens, daß um die Schreibmaschine herum Stöße von beschriebenem Papier lagen, von eng betipptem. Wahrscheinlich Entwürfe zur Doktorarbeit. Oder war es vielleicht etwas anderes? Maike wußte, daß Marlies manchmal auch kleine Erzählungen schrieb. Eine Tageszeitung hatte sogar schon einmal etwas von ihr gedruckt. Maike kam mit dem Litermaß voll Wasser wieder zur Tür herein; sie sah, daß Muck, während sie draußen war, aus dem Bett gesprungen sein mußte und schnell ein wenig zusammengeräumt hatte, ein, zwei, drei – wie es ihre Art war. Alle Papiere, klatsch, aufeinander, schon wirkte das Zimmer viel wohnlicher. Übrigens – wohnlich war es auch gewesen, als es ›aussah wie bei Schmidts unterm Sofa‹, wie sie manchmal gesagt hatten, wenn sie Muck besuchten.

»Du sollst doch liegenbleiben«, rügte sie liebevoll-wichtig und rückte einen leeren Schemel an

Mucks Bett. »Du bekommst jetzt einen Genesungskaffee, und du wirst staunen, wie gut er auch mir tun wird. So eine weite Reise hier heraus zu dir, der halbe Sonntag geht drauf. Peer weint sich die Augen nach mir aus.«

»Tut er das?« Muck lachte verschmitzt. »Du, ich glaub' dir das nicht. Soll ich raten? Er arbeitet. Und da hast du dich darauf besonnen, hier Samariterdienste zu leisten, um den einsamen Sonntag hinzubringen.«

»Genauso«, gab Maike vergnügt zu und stellte die Tassen auf, »loben wir also seine Arbeit, sonst säße ich jetzt nicht an deinem Schmerzenslager. Übrigens: hast du welche?«

»Schmerzen? Nein. Schlafen kann ich nicht, das ist störend«, sagte Muck, einen Augenblick ernst werdend. »Danke. Du, wenn der schmeckt, wie er duftet...«

»Und dein Bruder?«

»Ist noch da. Noch immer. Nein, die von Buchs, bis die mal zu Potte kommen...« Sie lachten beide. Muck konnte sehr gut andere nachahmen, und wie sie das jetzt sagte, klang es ganz echt nach Peer. Sie tranken, und Maike bröckelte die mitgebrachte Schokolade auf eine in der Mitte des Tisches stehende Untertasse. Sie nahmen beide davon, lutschten die Stücke, damit sie länger vorhielten, und tranken dazu den Kaffee in sparsamen, genußvollen Schlucken.

»Wundervoll«, sagte Muck schließlich und

lehnte sich zurück, »Brot hast du nicht mit. Ich meine...«

»Ich hab' ja leider nicht gewußt, daß du keins hast.«

»Ich auch nicht. Martin vergißt das tägliche Brot immer, weil er selbst keins ißt. Er nährt sich, wie du weißt, von biologisch dynamisch gedüngten Früchten der Erde.« Sie lachten beide. Und dann berichtete Marlies:

Ja, Martin ginge nun bald ›rüber‹. Ja, sie selbst arbeite an der Doktorarbeit – sie deutete flüchtig in Richtung Schreibmaschine –, aber so bald werde sie nicht damit fertig. Es ginge ihr schon wieder herrlich. Nein, Hunger litte sie nicht. Maikes Besuch sei eine famose Idee. Aber zum Pflegen herzukommen brauche sie nicht.

»Im Ernst, Maike, so sehr ich mich heute freu', daß du da bist – du brauchst dich nicht zu sorgen. Überhaupt nicht. Ich stehe es durch.«

Der Satz klang um eine Schwingung zu ernst. Maike hörte es, jedenfalls halb. Später mußte sie daran denken und verstand nicht, warum sie nicht weitergefragt hatte. Unbegreiflich – aber so ist der Mensch. Glaubhaft versichert bekommen, daß alles in bester Ordnung sei, daß man sich um nichts zu kümmern oder zu sorgen habe – wer hörte das nicht gern?

»Du, wir waren gestern in einem tollen Film«, erzählte Maike nach einer Weile, »hast du ihn schon gesehen?« Sie nannte den Titel, Muck schüttelte den Kopf. »Geh rein! Wirklich gut. Die beiden, er und sie, so sympathisch, überhaupt nicht verzerrt wie sonst manchmal. Aber ob du einverstanden sein wirst mit der Lösung, die eigentlich keine ist...« Sie kam ins Schildern, und Muck hörte zu. Sie hörte ganz still zu, sagte hie und da ein Wort, um den Topf am Brodeln zu halten, und ließ Maike reden. Maike merkte es nicht.

»Wir müssen noch darüber sprechen, wenn du ihn gesehen hast«, schloß sie endlich. »Übrigens – Menschenskind, ich muß ja los. Ich will zwar nicht bei Peer vorbei, aber so um diese Zeit kommt er meist bei *mir* vorbei...« Sie lachte. »Auch wenn er eigentlich nicht wollte. Und dann sollte man klug genug und an Ort und Stelle sein.«

»Kleiner Ehezwist?« fragte Muck blinzelnd.

»Aber wo. Nur – ja, er ist gestern abend seiner Arbeit nachgerannt, statt – es war Samstag.« Maike lachte auch. Sie verstanden einander genau. »Deshalb muß ich jetzt im Tempo eines Rennwagens los.«

»Nimm mein Fahrrad«, sagte Muck nach kurzem Überlegen. »Da bist du schnell daheim. Ja, nimm es! Wenn ich es doch sage!« Sie hatte Maikes Zögern bemerkt.

»Du brauchst es öfter als ich, so weit weg wie du wohnst. Und ich weiß nicht, wann ich es wiederbringen werde...«

»Ich brauch' es im Moment wirklich kaum. Nimm es! Los! Dann kommst du noch zurecht.«

Marlies' Zureden schien ehrlich zu sein. Maike stand auf, setzte das Kaffeegeschirr noch zusammen und trug es in die Küche. Aber sie war eilig und abgelenkt.

»Wenn du mir's also wirklich borgst?«

»Ja. In den nächsten Wochen kann ich es entbehren.« Muck lachte. Diesmal war ihr Lachen anders, wie von innen leuchtend, sonderbar. Maike ließ sich noch einen kurzen Augenblick aufhalten.

»Du, Muck...«

»Ja?«

»Was heißt: in den nächsten Wochen? Bist du vielleicht kränker, als du sagst?«

»Fräulein Doktor Hegerfeld, Ihre Fähigkeit zur Blitzdiagnose läßt zu wünschen übrig.« Mucks Augen blinkten vergnügt, jetzt wieder ganz wie sonst. »Nun, das ändert sich noch. Hoffentlich. Jetzt brause ab, sonst kommt der Teure – und du bist nicht da.«

Maike nahm ihre Hand. Normal, kein Fieber, bestimmt keins. Dann hatte sie es plötzlich eilig.

»Wo steht's?«

»Rechts ums Haus im Schuppen. Und behalt es, verstanden? Hier frißt es nur unnütz Brot...« Ihr Lachen verklang. Brot, dachte Maike, während sie das etwas vorsintflutliche Vehikel aus dem Schuppen und durch das Gartentürchen schob. Brot – hat keins im Haus. Aber ich bring' ihr was – oder schick' es ihr. Als Päckchen – denn morgen kann ich wirklich nicht raus aus der täglichen Mühle, nicht eine Viertelstunde. Morgen haben wir... und da fuhr sie schon und war ganz im »morgen«, ganz in der Klinik, die vor ihrem Innern stand: groß, breit, weiß. Und hinter ihr verschwand die Buchsche Gärtnerei, klein, braun, mitgenommen und ein bißchen zu wenig in Ordnung gehalten. Mit Muck darin...

An der Kappelgasse, kurz vor dem Markt, traf Maike Uwe und Elisabeth. Sie kamen aus dem Schwimmbad, hatten ihr jüngstes Kind bei sich und schoben gemeinsam den schon recht mitgenommenen Sportwagen bergauf. Maike hatte die beiden lange nicht gesehen und sprang vom Rad, hob eine heruntergefallene Bademütze auf und gab sie Elisabeth, die sich sehr bedankte.

»Ich hab' gar nicht gemerkt, daß sie heruntergefallen ist, er will nichts im Wagen haben und schmeißt immer alles raus«, erklärte sie lachend. Sie sah erhitzt und zerrauft aus; das helle Kleid, das sie trug, war voller Knitter und nicht mehr taufrisch. Früher war Elisabeth immer sehr hübsch angezogen gewesen, zwar billig wie die meisten Studentinnen, aber mit Schick und Pfiff. Maike schob das Rad neben den beiden her, während sie miteinander schwatzten.

»Ja, wir müssen schnell nach Hause, Bylle liegt im Bett«, erzählte Elisabeth und überließ den Wagen jetzt aufatmend ihrem Mann; sie hatten die Steigung geschafft. »Heute früh hat sie Fieber gehabt und ist dann eingeschlafen, und da riskierten wir einen kurzen Abstecher in die kühlen Fluten. Es ist ja brüllheiß, und wenigstens sonntags möchte man mal schwimmen. Außerdem hätten wir sie nur beim Schlafen gestört. Aber man hat natürlich keine Ruhe, wenn das Gör allein ist, wer weiß, wie lange es schläft. Kannst du nicht mitkommen und Bylle schnell mal ansehen? Du bist doch gerade auf ›Kinderstation‹, hab' ich gehört.«

»Ich *war.* Aber Elisabeth, ich verstehe doch überhaupt noch nichts – vom ersten Semester an fragt ihr mich ...«

Maike schüttelte ärgerlich den Kopf, hatte aber bereits beigedreht. Die beiden wohnten am Schlag, noch immer in dem kleinen Zimmerchen, das Uwe als unverheirateter Student bewohnt hatte. Es ging wieder bergauf, Uwe schob den Kinderwagen und Maike ihr Fahrrad. Elisabeth hastete vorneweg. Sie war sehr in Unruhe, was ihre ›Große‹ inzwischen angestellt haben mochte.

Das Haus lag am Hang, ein Plattenweg führte über den noch ziemlich dürftigen Rasen hinauf. Maike stellte ihr Rad unter der vorspringenden Altane des ersten Stocks ab, wo ein Roller stand und allerei Kinderspielzeug verstreut umherlag. Gerade stieß Elisabeth das Fenster ihres Zimmers zu ebener Erde auf und winkte.

»Alles in Ordnung!« verkündete sie erleichtert. Maike folgte Uwe ins Haus.

In einer Beziehung hatten die beiden es ja gut hier: Sonntags waren sie fast immer allein, also ungestört, richtiger gesagt, sie störten niemanden. Ihr Vermieter, ein kinderloser Studienrat mit Frau, der das Haus gebaut hatte, fuhr dann fast immer fort. Wenn einer von den Studenten daheimblieb, arbeitete oder schlief – darauf mußte man natürlich auch Rücksicht nehmen, dies aber war mehr ein Abkommen auf Gegenseitigkeit. Und manche waren wirklich sehr nett. Elisabeth erzählte von einer Studentin, die ein paar Türen weiter wohnte, sie habe, als sie nach Schweden gefahren war, ihnen ihr Zimmer zur Verfügung gestellt, ohne daß der Besitzer des Hauses es wußte. Da hatte Uwe ein paar Wochen dort allein schlafen können und abends so lange arbeiten, wie er wollte.

»Das war wunderbar, kann ich dir sagen«, sagte Uwe vergnügt und hob seine kleine Tochter aus dem Bett. »Da, zeig dem Fräulein Doktor mal die Zunge. Ja, du darfst, mach bäh! So ist es schön. Nun, wie sieht es aus, Maike?«

»Zunge und Rachen völlig normal, soviel ich beurteilen kann«, lachte Maike und nahm ihm das Kind ab, das sofort zutraulich zu ihr strebte. Merkwürdig, alle Kinder kamen zu ihr, ohne daß sie sich groß um sie bemühte. Ihr heimlicher Plan, Kinderfachärztin zu werden, beruhte zwar nicht auf dieser Erfahrung, wurde aber bis zu einem gewissen Grade immer wieder dadurch gefestigt. Obwohl – ihr eigentliches, unmittelbares Interesse, das war ihr völlig klar, galt der Orthopädie. Diese Gebiete hatten natürlich viel Gemeinsames, und man würde sehen, wohin es sie nach dem Staatsexamen und der Approbation ziehen würde.

Die kleine Bylle schien alle Krankheit vergessen zu haben. Unbeirrt von den mahnenden Zurufen ihrer Mutter riß sie an Maikes selbstgebastelter Kette, bis sich die bunten Perlen klirrend auf den Fußboden ergossen.

»Ich bin schuld, laß uns doch das Vergnügen«, lachte Maike und hockte sich neben das Kind, »so, nun fangen wir alle wieder ein. Komm, Bylle, hilf mir!«

Uwe und Elisabeth gingen hin und her, während sie sich unterhielten, rückten das Kinderbett weg und stellten Tassen und Teller auf das niedrige Tischchen vor der Schlafcouch. Dabei erzählten sie: Ja, jetzt seien viele Studenten schon fort, das Semester ginge ja zu Ende. Dadurch war es früh leichter, das Badzimmer zu ergattern, das gemeinsam benützt wurde, und auch die Küche war nicht dauernd besetzt.

»Sechs Mann waschen sich im Badezimmer, da kannst du dir denken, wie man oft lauert. Uwe nennt das den morgendlichen Partisanenkrieg«, erzählte Elisabeth. »Obwohl alle sehr nett und rücksichtsvoll sind. Aber eilig hat es eben jeder. Und manchmal sieht es aus... Mitunter kann ich es nicht mehr mit ansehen und wasch' den Krempel für alle auf, heißes Wasser haben wir ja gottlob immer. Das ist gut, auch für das Baden der Gören. Nur, daß überall Fliesen sind, finde ich gräßlich. Ja, hygienisch schon, Frau Doktor, aber was denkst du, was los ist, wenn es regnet, und ich muß Bylle im Haus halten, und sie läuft in ihren Thompsen-Sandalen draußen auf und ab!«

Maike konnte sich das vorstellen.

»Ob ihr denn nie eine richtige Wohnung findet?« fragte sie, als sie sich zum Kaffee setzten. Der war übrigens gut; ach ja, die beiden brauchten wohl von Zeit zu Zeit eine Herzstärkung, um durchzuhalten.

»Ob? Wir müssen«, sagte Elisabeth und wischte Bylle die Nase. »So geht es unmöglich weiter, ich muß ja meinen Schuldienst machen.« Sie hatte Sprachen studiert, Französisch und Englisch. »Sonst verfällt mein Staatsexamen. Ja, natürlich verdiene ich dann, aber ob es reicht für eine größere Wohnung und eine Hilfe? Denn eine Hilfe muß dann her, der Junge ist noch zu klein für den Kindergarten, und ganz stubenrein ist Bylle noch nicht, eine Schande, Gott sei's geklagt. Aber ich mußte ja meine Arbeit noch fertigmachen, wir haben doch mitten im Staatsexamen geheiratet, damals kam ich höchstens fünf Stunden zum Schlafen, durchschnittlich gerechnet. Da muß sie was mitgekriegt haben, denke ich manchmal, ein vorgeburtliches Trauma oder wie man das nennt.«

»Das ist ein Ammenmärchen«, tröstet Maike schwach. »Man muß nicht alles glauben...« Natürlich war es für den Embryo besser, seine Mutter bekam genügend Schlaf und ein ordentliches Essen zur richtigen Zeit und ging täglich zwei Stunden im

Grünen spazieren, während sie sich mit schönen Dingen beschäftigte und der Ehemann sie in Watte wickelte. Aber mach das mal, wenn du im Rennen liegst und sehen mußt, daß du das Zielband zerreißt, ehe das Kind stürmisch den Eintritt ins Leben fordert, in diese ach so schöne Welt...! Deshalb brauchte aber ein Kind, das während des Staatsexamens auf den Startschuß wartete, nicht unbedingt blasenschwach oder sonstwie körperlich geschädigt zu sein.

Maike sagte das, sagte es so sachlich wie möglich und mühte sich, es trotzdem tröstlich klingen zu lassen. Elisabeth sah sie an, jetzt sehr ernsthaft und nachdenklich.

»Du hast recht, Maike. Es braucht nicht. Aber da sind doch Dinge, die man nicht greifen und ausrechnen kann. Kinder sind wichtig, das steht nun mal fest. Und ihre Betreuung in den ersten Lebensjahren ist ausschlaggebend. Kennst du die Geschichte von dem Experiment, das Friedrich der Zweite von Hohenstaufen mit Kindern gemacht hat? – ein fortschrittlicher Forscher, wenn's stimmt, was man sich von ihm erzählt. Er ließ die Kinder von Ammen betreuen, befahl, sie sollten sie nur nähren, aber nicht mit ihnen sprechen, sie nicht kosen und küssen, ihnen nichts vorsingen, kurzum, sie nicht abschlecken wie die Kuh das Kälbchen, wie das fast jede normale Mutter mit ihrem Kind macht. Alle diese Kinder starben, ehe sie das zweite Lebensjahr erreicht hatten. Weiß der Himmel, ich liebe meine

Gören, aber wenn sie nachts keine Ruhe geben und Uwe wecken, und er hat am nächsten Morgen Lehrprobe und ist sowieso zu spät ins Bett gekommen, dann könnte ich – könnte ich – oh, ich habe mich manchmal mit aller Kraft beherrschen müssen, um nicht aus den Pantinen zu kippen vor Wut. Mal bin ich die ganze Nacht mit dem Bengel draußen auf und ab gelaufen –, barfuß, weil ich mich nicht traute, die Pantoffeln zu holen –, bloß damit er still war. Er bekam Zähne, da sind sie eben unleidlich, auch wenn es alle Ärzte bestreiten. Und als ich früh hereinkam, du kannst dir denken, in welcher Verfassung, da sagte Uwe, das Ungeheuer: ›Wo warst du denn? Ich hab' die ganze Nacht gewartet, du weißt doch, daß ich nicht schlafen kann ohne dich.‹ Ja, das sollte ein Scherz sein. Aber ich war nicht zum Scherzen aufgelegt, wahrhaftig. Ich bin ihm fast ins Gesicht gesprungen.«

»Das kann ich mir vorstellen.« Maike lachte, und Uwe und Elisabeth lachten auch. Dann aber sagte Maike leise:

»Ihr müßt die beiden mal lossein, für ein paar Wochen. Geht denn das nicht zu machen? Könnt ihr sie nicht zu euren Eltern geben – oder zu deiner Mutter, Elisabeth?«

»Zu Uwes Eltern? Ausgeschlossen. In diese Wohnung, gepflegt und ordentlich? Und raus an die Luft kämen sie da auch nie. Hier sind sie doch wenigstens bei schönem Wetter draußen, wenn sie auch immer wieder ermahnt werden, den geheiligten Rasen nicht zu zertreten. Und zu meiner Mutter? Ja, wenn wir geahnt hätten – aber Mutter hat ein paar Monate nach Vaters Tod wieder angefangen zu arbeiten, sie hielt es nicht aus, allein zu Hause zu sitzen und auf unseren Besuch einmal im Jahr zu warten – und die Wäsche für die Jungen zu waschen, die die noch schicken, unrentablerweise, denn in der Schnellwäscherei ist es auch nicht viel teurer, wenn man alles rechnet, und das Porto fiele weg. Mutter hat auch nur ihre vier Wochen Urlaub im Jahr, und da muß sie sich erholen. Das heißt, sie hat uns natürlich angeboten, die beiden zu nehmen. Aber stubenrein müßten sie da schon sein, wenigstens Bylle. Das kann man ja verstehen. Bylle ist eben spät dran. Außerdem: was sind denn vier Wochen! Da käme man gerade mal nach, alles Zerrissene zu stopfen – an die Bücher nie. Und ich muß doch die Referendarzeit machen, soll ich denn ganz umsonst studiert haben? Alles für die Katz, die Büffelei und das Krummliegen und die Hungerei – und das Ducken vor allen Leuten, nur weil man zwei Kinder in die Welt gesetzt hat, ein bißchen eher als beabsichtigt, und sich sozusagen mit seiner Staatsbürgerpflicht ein wenig zu sehr beeilt hat...« Es klang bitter, obwohl Elisabeth zu lachen versuchte.

»Ja, du kannst es glauben, ich bin schon ganz kopfscheu. Sobald es klopft, fahre ich zusammen: Was hat Bylle denn jetzt wieder angestellt? Natürlich läuft sie unbeaufsichtigt draußen herum; ein einziges Glück, daß sie das hier kann, daß sie nicht sofort in ein Auto rennt, wenn man mal nicht hinguckt. Neulich hat sie den Kleinen unter die Dachrinne gefahren – die ist an einer Stelle leck – und gespielt, er würde gebadet. Gottlob merkte ich es, weil er brüllte wie am Spieß. Ich setze ihn immer angegurtet im Kinderwagen hinaus. Aber lange läßt er sich das auch nicht mehr gefallen. Sogar vorm Briefträger erschrecke ich. Neulich kam die Polizei – ich bin fast umgesunken. Der Mann hatte Bylle unten am Gartentürchen erwischt, als sie gerade nach draußen kroch, und brachte sie mir wieder, rührenderweise, wirklich. Ja, das kann einen schon zappelig machen! Aber ich *muß* doch manchmal in die Bücher sehen, wie stehe ich denn sonst da, wenn ich in den Schuldienst komme, ich weiß ja die einfachste Vokabel nicht mehr.«

»Was heißt: ›Ich liebe dich‹ « fragte Uwe sacht dazwischen. Elisabeth lachte, und dann kamen ihr die Tränen. Sie schlang die Arme um seinen Hals und versteckte das Gesicht, und er tätschelte ihr verlegen und zärtlich den Hinterkopf.

»Aber Eli, wer wird denn!« Geniert sah er zu Maike hinüber. Sie erwiderte seinen Blick, kummervoll und mitleidig lächelnd.

»Ihr habt zwei gesunde Kinder, das ist das Wichtigste«, sagte sie schließlich halblaut. Beide nickten stumm, Elisabeth mit feuchten Augen, Uwe ein wenig resigniert. »Ich kann euch erzählen – nein, ich tu es nicht. Aber was das für ein Glück ist...«

Jetzt brach es bei ihr durch.

»Manchmal denke ich, ich mach' den Kinderarzt doch nicht. Was man da ansehen muß, nicht nur bei den Kindern, sondern auch bei den Eltern... so was dürfte es einfach nicht geben, denke ich dann oft. Aber das darf ein Arzt natürlich nie denken, er muß den Fall ansehen und angehen, ich weiß...

Und eines Tages seid ihr eben doch durch. Eines Tages habt ihr wirklich eine Wohnung, nicht morgen, aber übermorgen, und jeder von euch macht das zweite Examen, die Kinder sind größer, und in der Küche steht die Waschmaschine und ist abgezahlt. Und ihr denkt an jetzt und sagt zueinander: ›Du, weißt du noch? Als das Persil alle war und mein Portemonnaie war leer, und wir konnten tatsächlich keins kaufen, und der Erste war erst in vier Tagen.‹ Das sind die Erinnerungen an die gemeinsamen Kampfzeiten, die man so liebt.«

»Jaja.« Maike erreichte durch dieses – saudumme, wie sie selbst fand, aber doch immerhin etwas beruhigende – Geschwätz, daß Elisabeth sich beruhigte. Schon wieder lächelnd, löste sich die Freundin von Uwes Hals.

»Hast recht, bist ein kluges Kind«, sagte Elisabeth und putzte sich die Nase. »Morgen oder übermorgen...«

›Übermorgen‹, dachte Maike, während sie heimradelte. Ja, eines Tages würden auch sie soweit sein, Peer und sie. Verheiratet. Arriviert. Raus aus dem Budenelend. Raus aus der Zeit des ewigen Übergangs. Immerzu war alles, was man erlebte und tat, nur die Brücke zum nächsten; nichts Wirkliches, Heutiges. Der Beruf allerdings war das Wirkliche. Ihren Beruf liebte Maike mit einer verborgenen Leidenschaft, die sie sich selbst nicht einzugestehen wagte, und Peer war erst recht Wirklichkeit. Aber Peer fing jetzt schon manchmal an, eifersüchtig zu werden. ›Natürlich muß du in die Klinik, ich weiß!‹ hatte er neulich spitz gesagt, als sie keine Zeit für ihn hatte. Im großen und ganzen verstand er selbstverständlich, daß man das Studium ernst nahm, aber welcher junge Mann würde nicht einmal ärgerlich, wenn seine Freundin ihm erklärte, sie komme nicht mit zum Spazierengehen, Eisessen oder ins Kino, sondern sie müsse arbeiten. Dann wieder hatte *er* keine Zeit, wenn *sie* sich mit Mühe einen Nachmittag herausgespart hatte...

Übergang, Übergang. Aber das seit Jahren, und Jahre noch! Das war wahrhaftig keine liebliche Perspektive. Maike radelte dahin, den Kopf nach vorn gestreckt, als wolle sie damit durch eine Wand hindurch, und sah und hörte nichts um sich her.

Wenn sie jetzt heimkam, und Peer war dagewesen und hatte sie nicht angetroffen, sondern nur einen Zettel unter ihrer Tür durchgeschoben ›Schade‹, wie neulich, das wäre schlimm. Maike spähte begierig ins Zimmer hinein, nachdem sie aufgeschlossen und die Tür aufgestoßen hatte. Gottlob, kein Zettel! Also war er nicht vorbeigekommen, da...

»Tütü!« machte es draußen. Maike stürzte ans

Fenster, stolperte dabei über das eine Bein des vermaledeiten Plüschsessels, den sie sowieso haßte, und krachte mit der Stirn aufs Fensterbrett, statt sich mit den Armen darauf zu stützen und lieblich lächelnd hinabzublicken. Ihr knirschender Fluch über den Schmerz der tausend Sternchen, die vor ihren Augen auseinander stoben, fiel noch laut genug aus, daß man ihn unten hörte.

»Nette Begrüßung, muß ich sagen«, rief Peer halblaut und lachte zu ihr herauf. Er trug eine helle Hose und ein offenes Hemd, und sein Gesicht war wie in Sonne gebadet. »Entschuldige, ich habe mich gemein geschlagen – wunderbar!« rief sie hinunter. »Ganz wunderbar!«

»Daß du dich geschlagen hast?«

»Nein. Daß du ...«, sie ließ die Zimmertür offen und lief die Treppe hinunter. Halb auf dem untersten Absatz erreichte sie Peer und flog ihm mit solcher Wucht an den Hals, daß er wankte. Aber er fiel nicht. Mit einer Hand hatte er schon vorher das Treppengeländer gepackt gehabt.

»Teufel noch mal, Maike, das nennt man Wurfgeschoß!«

»Peer. Daß du nur da bist.«

»Was gibt's denn?«

»Ach nichts. Nichts Schlimmes jedenfalls.« Eingehakt zog sie ihn die Treppe hinauf, bemüht, ihr Gesicht vor seinem Blick zu verbergen. »Gar nichts. Ich war bei Muck, und dann schleppten mich Uwe und Elisabeth mit zu sich. Ja, und du? Gearbeitet?

Tapfer. Bei der Sonne!«

Peer saß auf dem zerschlissenen Sofa ihrer Bude und wartete, bis sie fertig war. Er hatte sich ausgedacht, heute nachmittag mit ihr zusammen seine ›Tanten‹ zu besuchen, zwei alte Fräuleins, die ihn früher, als er noch stud. phil. war, mit Freitischen durchgefüttert hatten.

»Sie sitzen bestimmt im Garten und trinken Kaffee, und wir bekommen Guglhupf«, sagte er. »Ich mach' mir sonst aus Kuchen nicht viel, aber der, den die immer backen, schmeckt wundervoll. Altmodisch nach Zitronenschale und Zibeben – weißt du eigentlich, was Zibeben sind?« fragte er aufstehend, als sie sich mit »Fertig!« umdrehte.

»Ich hab' doch Physikum gemacht, Botanik und Zoologie«, sagte Maike und schloß ihr Uhrarmband. »Zibeben, eine Abart des gemeinen Pantoffeltierchens, kommen vor allem in Napfkuchen aller Art vor, wo sie ...«

»Wo sie ...« Peer schloß ihr den Mund mit einem Kuß. Auf einmal war der Sonntag hell und kein Problem mehr zu entdecken, weder fern noch nah. Maike sagte das erstaunt, als sie wieder Luft bekam.

»Waren denn vorher welche da?« fragte Peer und lächelte sie an. Er hatte mitunter ein schwaches, ein ganz und gar erschütternd junges, ja, kindliches Lächeln, das nicht zu glauben schien, wie schlimm die Welt mitunter aussehen konnte. Sie liebte dies Lächeln an ihm und kam sich dann sehr erwachsen vor, viel älter als er, beinah wie seine Mutter.

»Aber wo. Nein nein«, sagte sie schnell. Dabei schluckte sie. Und auf der Treppe gelang ihr ein lustiges Pfeifen.

Nach solch einem Sonntag voller Glanz und Herrlichkeit fiel es leicht, die Woche zu überstehen. Maike büffelte. Immer hatte sie das Gefühl, alles Schöne auf der Welt müsse verdient werden; wenn nicht vorher, dann also rückwirkend. Wahrscheinlich trug ihr sehr fleißiger und korrekter Vater die Schuld an dieser Einstellung. Er hatte ihr und den Brüdern stets nicht nur gepredigt, sondern vor allem vorgelebt: Alles im Leben hat seinen Preis. Das Haus, der Beruf, das Geld, die Stellung. Wer sich nicht krummlegt, kommt nie zum Eigenheim, wer nicht arbeitet wie besessen, kann den Dr. med. nicht schaffen. Wer nicht seine zehn Stunden am Tag tätig ist, darf nicht erwarten, soviel zu verdienen, daß es für eine große Familie reicht.

So groß war die Familie nun wieder nicht. Maike hatte einen älteren Bruder, der Jura studierte und Vaters Anwaltspraxis übernehmen würde, und einen jüngeren, der noch die Schulbank drückte. Immerhin, wenn dann eins der Kinder Medizin studierte, also eins der längsten Studien wählte, hieß es sparen. Zu hungern brauchte keiner, aber arbeiten mußten sie alle beide, damit sie in den Genuß wenigstens kleiner Stipendien gelangten. Es gab Studenten, die von ihren Eltern mehr bekamen als die beiden Hegerfelds, aber auch etliche, denen es schlechter ging. In der ersten Zeit hatten sie in den Semesterferien ein bißchen Geld dazu verdient, das aber ging schon lange nicht mehr, denn die Ferien waren zum Lernen da oder zum Famulieren.

Meist arbeitete man mit einer Freundin zusammen, die eine »sturmfreie« Bude hatte, das heißt, ein Zimmer, wo man, vor Eltern und Geschwistern hermetisch abgeschlossen, büffeln konnte. Familie störte, auch wenn sie beteuerte, sie werde sich weder sehen noch hören lassen. Vor dem Physikum hatte Maike mit einer Freundin im leerstehenden Büro von deren Vater gesessen und dort jeden Tag geschlagene acht Stunden gearbeitet, mit einer einzigen Unterbrechung. Frühstück stellte die Mutter der Freundin vorher hin, Kaffee unter der Mütze und gestrichene Brötchen. Das war so verabredet, und Roses Mutter hatte Humor und hielt sich an das Schweigegebot. Als Mittagsessen gab es je zwei Tassen starken Kaffee, mit Tauchsieder aufgebrüht, dazu eine Kleinigkeit zu essen, die die Mutter heimlich und geräuschlos vor die Tür stellte. Es war immer spannend, was ihrer wartete: etwas kaltes Fleisch oder ein Ei, dazu Obst, nichts jedenfalls, das den Magen belastete und womöglich eine Mittagspause erforderte. Nach wiederum drei bis vier Stunden intensiver Arbeit wurden die Bücher zugeknallt, ein Riesengeschrei angestimmt – Roses Familie war groß und ziemlich laut, um so mehr hatte man sich vor ihr zu hüten – und hinüber in die menschliche Region getobt. Dort gab es Abendbrot, dann Schallplatten, stürmisches Spazierenrennen oder einen kurzen Besuch im Schwimmbad. Um zehn lagen beide Mädchen, Rose und Maike, im Bett.

So war das sechs Wochen lang gegangen, und beide hatten ihr Physikum ohne »Schwanz« gemacht, Rose, die weit Begabtere, sogar mit einer Zwei. Maike war über ihre Drei selig gewesen und sah hoffnungsvoll in die Zukunft: Wer soeben das Physikum gemacht hat, sorgt sich noch nicht ums Staatsexamen. Das kam später, und in Etappen. Dadurch hatte sich schon mancher durchgeschuftet, der weniger wußte als sie.

Maike war sich sehr klar darüber, wie weit ihre Begabung reichte. Sie hatte ein gutes Gedächtnis, und das kann man schulen. Trotzdem verzweifelte sie oft an sich, heimlich, wenn sie andere ansah, vor allem solche, die in einem Arzthaus aufgewachsen waren und ihr deshalb doch einiges voraus hatten. Deshalb war sie so unerhört fleißig und nützte jede Gelegenheit, mehr zu lernen. Ihre letzten Semesterferien hatte sie bei einer jungen Landärztin verbracht, wo sie auch die Fahrprüfung gemacht hatte. Daß sie erst durch die theroretische Prüfung gefallen war und sie wiederholen mußte, hatte ihr Selbstvertrauen nicht gerade gestärkt. Dann aber hatte sie bestanden, und die letzte Woche, die sie noch dort verbrachte, konnte sie die junge Ärztin fahren, was ihre Fahrkünste wesentlich verbesserte. Während dieser Fahrten von Besuch zu Besuch hatten sie sich über Fälle und Patienten unterhalten, und Maike hatte das Gefühl gehabt, als »überfräße sie sich geradezu an Stoff«. Sogar Peer wurde zeitweise Nebensache; er beschwerte sich später im Scherz darüber und wußte nicht, wie tief er Maike damit traf. Sie hatte ihn manchmal wirklich vergessen gehabt.

Nein, nicht vergessen. Er war natürlich da, im Untergrund ihres Bewußtseins, immer. Er bildete sozusagen den Grund, auf den alles andere gemalt war, den Goldgrund: Daß das Leben auf diesen Goldgrund vereiterte Blinddärme und Diarrhöen, Ekzeme und andere wenig appetitliche Bilder malte, durfte nicht stören. Dazu hatte man sich eben der Kunst des Hippokrates und nicht einer wesentlich ästhetischeren anderen zugewandt. Auf jeden Fall waren diese Ferien sehr schön gewesen, und Maike lechzte danach, sie zu wiederholen. Sie duzte sich jetzt mit der jungen Ärztin – am letzten Tag hatten sie Brüderschaft getrunken – und wartete schon darauf, wieder eingeladen zu werden. Vor zehn Tagen etwa hatte sie vorsichtig angefragt. Das Semester ging zu Ende.

Peer sprach davon, eine Reise zu machen. Er hatte Ausspannung nötig, mehr noch als sie, die von einer geradezu robusten Gesundheit zehrte. Hatte sie denn keine Lust? Maike sagte nicht ab und nicht zu. »Aber ich muß doch...« Wie oft hatte sie ihm schon vorgebetet, was sie alles noch müsse.

Er fragte nicht mehr, und sie wartete nun darauf, daß er sie wieder fragte. Dann schob sie es beiseite, sie mußte sich vorbereiten, hatte ein Referat, morgen in der Vorlesung kam sie dran...

Am vorletzten Tag – viele Studenten waren schon fort, Maike aber gehörte zu denen, die bis zur letzten Stunde blieben – erlebte sie etwas Merkwürdiges.

Sie saß in der untersten Reihe des Hörsaales und betrachtete das Kind, das im Bettchen hereingerollt worden war und an dem der Professor die Symptome einer Hüftluxation erklärte. Es war heiß, die letzte Stunde des Vormittags, und Maike ertappte sich immer wieder dabei, daß ihre Gedanken abschweiften. Das Kind war munter und reagierte auf die kleinen Neckereien, mit denen der Professor sein Wohlwollen zu erkaufen suchte, mit entzückender Koketterie. Es antwortete, lachte und kreischte auch einmal vergnügt auf, als er ihm ein drohendes Gesicht schnitt. Es war ein sehr hübsches Kind, rund und drall, etwa zweijährig, mit etwas auseinanderstehenden Augen, die Maike an jemanden erinnerten. Sie versuchte, darauf zu kommen, an wen, irrte dadurch vom Thema ab und fuhr zusammen, als der Professor sie etwas fragte. Zum Glück hallten seine letzten Worte noch in ihren Ohren, und sie konnte antworten, ohne sich zu sehr zu blamieren.

Als das Schlußgetrampel einsetzte und das Kinderbett hinausgefahren wurde, ging Maike hinterher, mehr gedankenlos als planvoll, und da lief sie Rose Hertwig in die Arme, mit der sie fürs Physikum gebüffelt und die sie später aus den Augen verloren hatte. Es gab eine vergnügte Begrüßung.

»Nein, aber Rose, seit wann bist du denn hier?

Daß wir uns nie gesehen haben! Und das Kind...«
Jetzt wußte Maike plötzlich, an wen es sie die ganze Zeit über erinnert hatte. »Ist es etwa...«, sie stockte.

Rose lachte.

»Meins? Aber woher denn, was denkst du denn von mir! Es ist das meiner ältesten Schwester, und viele sagen, es sähe mir ähnlich, jedenfalls...« Sie hatten sich untergehakt und folgten dem Gitterbettchen, das auf die Station zurückgerollt wurde. »Nein, ich war bis jetzt in München und dachte, das wüßtest du. Erst seit ein paar Tagen bin ich hier. Meine Schwester gab die Kleine hierher und bat mich, nach ihr zu sehen. Ich wollte sowieso für das nächste Semester hierher. Und so habe ich mir schon jetzt ein Zimmer gesichert. Gerade für Hüftluxationen steht doch diese Uni im besten Ruf, deshalb. Und ich hatte von jeher eine Schwäche für die Orthopädie. Weißt du das nicht mehr?« Sie lachten beide. »Als ob man sich jetzt schon den Facharzt aussuchen könnte! Na, laß mal, jeder ist anders albern.«

»Albern finde ich das überhaupt nicht.« Maike sah die Freundin prüfend an. »Mein Gott, wie lange haben wir uns nicht mehr gesprochen! Und schlank bist du geworden, Respekt! Weiß du noch, wie wir damals alle beide ein bißchen auf Linie hungern mußten und durch die Büffelei immer einen Appetit bekamen, als hätten wir Steine gekarrt! Und wie braun du bist!«

Es sollte bewundernd klingen, und es gelang auch ganz gut. In Wirklichkeit war Maike ziemlich bestürzt über das Aussehen der Freundin. Die hatte sich sehr verändert, fand sie.

Gut sah sie auch jetzt noch aus, damals aber war sie sehr hübsch, beinahe schön gewesen. Jetzt trug sie eine Brille, allerdings eine sehr kleidsame, sicher sehr teure – Maike wußte, daß Roses Eltern in recht guten Verhältnissen lebten. Auch das Kleid, das Rose trug, war elegant und aus bestem Material. Maike kam sich neben der Freundin jung, dumm und unfertig vor.

»Braun... ich war ein paar Tage an der See. Ja, nur sehr kurz, unsereiner kann sich ja keinen Urlaub leisten. Aber meine Mutter mußte ausspannen, und so fuhr ich sie hin und blieb, bis sie versprach, nicht sofort wieder zurückzufahren, wenn ich den Rücken drehte. Sie war sehr herunter, du weißt ja, wie angespannt im Geschäft sie ist, und meine lieben Brüder haben wieder mal für Aufregung in jeder Beziehung gesorgt. Nein, nichts Ernstliches, einer ist Ostern sitzengeblieben, und der andere – na, du kennst Frietjof ja! Ach, laß, irgendwie kommt der schon zurecht. Vater geht es gut, danke. Wollen wir zusammen essen?«

»Meinetwegen – ach nein, Rose, bitte nicht. Ich muß noch immer auf mein Gewicht aufpassen...« Maike lachte ein wenig unsicher. Ob Rose ihr das abnahm? Sie wollte nicht, daß die Freundin sie einlud, keinesfalls. Rose war immer so schrecklich nobel, und – deshalb fuhr sie fort: »Sobald ich mittags esse, nehme ich zu. Darum trinke ich meistens nur eine Buttermilch, vor allem jetzt, wo es so heiß ist…«

»Also auf zur Milchbar!« sagte Rose energisch. »Und dazu darf ich dich einladen, bitte, ja? Ich hab' auch gerade Appetit auf Buttermilch…« Sie lachte und bestellte statt dessen zwei Joghurt mit Früchten und für jede hinterher noch ein Rieseneis mit Sahne. »Denkst du, ich habe vergessen, wie gern du Eis ißt? Nun sei nett und mach keine Geschichten.«

Maike war sehr gerührt und gab nach. Rose hatte eine unwiderstehliche Art, einen zu verwöhnen, genau wie ihre Mutter. Die hatte sich immer tausend Listen ausgedacht, um den beiden Leckereien anzuschmeicheln während der Büffeleien für das Physikum – sie sprachen davon, während sie ihre Joghurt löffelten.

»Weiß du noch, einmal hat sie sogar jedem ein halbes gegrilltes Hähnchen vor die Tür gestellt, so leise, daß wir nichts merkten. Gegen Mittag stellte sie ja immer etwas hin, aber bis dahin noch nie so etwas Tolles. Und da hatte sich euer Kater drübergemacht, weil wir es nicht hereinholten. Jaja, so kann es gehen, wenn man Wohltaten auf so diskrete Art serviert bekommt!«

»Himmel, hast du getobt, als wir es merkten!« Rose lachte noch in der Erinnerung. Und Maike war noch immer zornig.

»So ein Kerl, warum fing er nicht lieber Mäuse!

Kannst du dir vorstellen, daß dies damals das erste halbe Hähnchen vom Grill war, das ich bekommen hätte?«

Rose nickte.

»Ich wußte das sogar damals schon. Deshalb hatte ich Mutter drum gebeten. Ja, jetzt darf ich es wohl verraten. Wir bekamen sie vom Geschäft, also billiger.«

»Du Heimtückerin! Und ich habe nichts geahnt. Ja, das waren noch Zeiten... Und deine Schwester hat solch süßes Gör? Ich habe dauernd überlegt, an wen mich die Kleine erinnerte.«

Sie kamen ins Fachsimpeln.

Maike, die schon zwei Semester an dieser Universität hörte, konnte Rose manches über die Hüftluxation sagen, was für diesen Fall von Interesse war; daß man mit vier Jahren noch einmal operieren könne, daß dann gute Heilungsaussichten bestünden, daß man jetzt Frühdiagnosen mache, schon am zweiten Lebenstag...

»Wahrhaftig, die heutigen Mütter haben es gut«, sagte Rose, »von den Kindern natürlich ganz abgesehen, denn um die handelt es sich ja in erster Linie. Wenn man sich vorstellt, wie die Mädels – es trifft doch in der Hauptsache das weibliche Geschlecht, nicht? – wie die hinkend durchs Leben gehen mußten, was doch sehr entstellt. Und heute kann man das Ganze in vielen Fällen schon durch einfache Methoden heilen!«

»Nicht wahr? Da findet man es wieder mal lohnend, acht Jahre an die Medizin zu wenden!« sagte Maike eifrig, als habe sie die Heilmethode höchstpersönlich erfunden, »und Frühdiagnosen verhüten so viel!«

»Es lohnt sich überhaupt«, sagte Rose unterdrückt leidenschaftlich und legte ihren Löffel hin, »denk mal an die Gynäkologie! Wie oft kommen Mutter und Kind heute durch, für die es früher keine Chance gab – und in der Chirurgie! Allein sich vorzustellen, daß noch vor siebzig Jahren jeder Blinddarm ein Todesurteil bedeutete, jedenfalls bei Erwachsenen...«

»Geht dir so was auch manchmal durch den Kopf, wenn du nicht schlafen kannst?« fragte Maike halblaut und ein bißchen scheu. »Mir immer, jedenfalls in der Nacht vor jeder Prüfung, in der man vor lauter Bammel doch nicht einschläft. Ich muß dann immer an so was denken...«

»Ich auch.« Rose sah in ihr Glas. »Immer. Immer wieder. Es läßt einen nicht los, nicht bloß vor den Prüfungen, sondern eigentlich Tag und Nacht nicht. Das Schlafen hab' ich mir wahrhaftig schon fast abgewöhnt dadurch. Manchmal frage ich mich, ob das nun das ganze Leben so weitergeht – einmal *muß* man ja schlafen. Aber kaum liege ich, da fällt mir dieser Fall ein und jener, und ich bin hellwach, kein Gedanke an Morpheus' sanfte Arme. Es ist einfach zwecklos, abschalten zu wollen. Und so nehme ich mir den Wälzer, der gerade zuständig ist, und will nur mal nachlesen, nur mal ganz kurz... und auf einmal geht der Wecker...«, sie schwieg. Maike machte ein etwas unglückliches Gesicht.

»Bei mir ist es umgekehrt. Ich *will* arbeiten, abends im Bett, auf dem Hocker davor liegen die Bücher gestapelt. Aber kaum hab' ich eins aufgeschlagen, da fallen mir die Augen auch schon zu. Früh, wenn ich aufwache, brennt die Nachttischlampe noch.«

»Du bist noch jung, du brauchst viel Schlaf«, sagte Rose leise. Maike gab ihr einen kleinen Puff.

»Du wohl nicht?«

»Ich bin zwei Jahre älter als du. Du weißt doch, weshalb ich so spät zum Studium kam. – Nein, Maike, sei froh, daß du noch schlafen kannst, du holst alles nach, was du dadurch etwa verpaßt. Gesundheit ist wichtig. Manchmal denke ich auch, ich darf so nicht weitermachen, schließlich ist das auch eine Art von Managertum, wenn man so schuftet und kaum mehr schläft. Aber es läßt mich eben nicht los.

Wir sind schlimm dran, wir Mediziner. Vielleicht ist es aber in anderen Fakultäten ähnlich, ich weiß es nicht, bei Physik und Chemie sicher. Ich habe jedenfalls das Gefühl, als käme man nie und nie auch nur annähernd dazu, etwas zu wissen. So unerschöpflich groß ist das Gebiet. Es wird immer größer, je mehr man hineinsieht. Und wenn man zwanzig Jahre studierte, immer bliebe ein unbewältigter Rest. ›Der Tag hat vierundzwanzig Stunden, und notfalls nimmt man die Nacht dazu‹, sagt mein Chef immer. Himmel, ich will doch – ich will...

Neulich bin ich in Schwabing dort vorbeigekommen, wo die berühmten und berüchtigten jungen Leute herumstehen, die gegen die heutige Zeit protestieren (wie sie sagen!), indem sie nichts tun. Ich versichere dir, es hat mich in den Fäusten gejuckt. Da stehen und sitzen sie und vertun die Zeit, die unsereiner so nötig hat, die wir herrlich brauchen könnten, die uns überall fehlt – vertun sie, verschwenden sie, lassen sie verrinnen, und bei uns langt sie nicht hin und nicht her. Ich hätte rechts und links Backpfeifen austeilen mögen und schreien: ›Kommt zu euch! Ihr vertut Kostbarstes! Ihr geht mit Zeit und Kräften, herrlichen Geschenken des Lebens, um wie mit Dingen, die man ruhig in den Mülleimer werfen kann! Prügel verdient ihr!‹...« Sie brach ab. Maike nickte ihr zu. Sie verstand genau, was Rose meinte.

»Ja. Mir geht es manchmal ähnlich. Wenn ich andere ansehe – aber schlafen tu ich trotzdem«, setzte sie ein wenig kleinlaut hinzu. Rose legte ihr die Hand auf den Arm.

»Sei froh! Und einmal werde ich ja auch wieder schlafen können. Aber wenn ich erst...«, wieder blitzte es unterdrückt in ihren Augen auf, während sie weitersprach – »Orthopädie – und Chirurgie – und das riesige Gebiet, Neurologie... wenn ich das erst geschafft habe...

Jetzt muß ich aber los. Da sitz' ich und rede...« Ihr Eis war zerschmolzen, sie hatte es nicht berührt.

Maike deutete darauf. Rose schob es weg.

»Laß. Komm. Bring mich noch ein Stück! Ich hab' noch gar nichts von dir gehört. Wie weit bist du?«

Sie gingen los. Rose fragte, und Maike berichtete. Sie sahen nicht rechts, nicht links. Vor Roses Haus angekommen, blieben sie stehen.

»Was macht eigentlich Andreas?« fragte Maike. Andreas hatte Roses Freund geheißen, von dem sie manchmal gesprochen hatte, damals, als sie zum Physikum büffelten. Den Nachnamen wußte Maike nicht mehr. Rose lachte.

»Ich hoffe, es geht ihm gut.«

»Das klingt ja recht unverbindlich«, sagte Maike, »seid ihr nicht mehr zusammen?«

»Schon lange nicht mehr. Hat sich ausgefreundet«, sagte Rose. »Komm noch einen Augenblick mit rauf, ich will mich umziehen und dann in die Bibliothek. Du hast doch Zeit? Bitte, hab welche! Ich beeile mich auch. Nein, nichts mehr mit Freund«, erklärte sie und schloß ihr Zimmer auf, schob Maike hinein, »setz dich. Ich hab' ihm den Laufpaß gegeben, gleich im ersten Klinischen.«

»Ach.« Maike setzte sich ans Fenster und sah hinaus, während Rose hin und her ging, Schubladen auf- und zuschob und den Schrank öffnete. »Und ich fand ihn so nett.«

»Ich auch.« Roses Stimme kam dumpf aus einem übergestülpten Kleid heraus. »Er ist auch ein netter Kerl. Und tüchtig und alles. Aber...«

»Aber?«

»Ich finde, man kann nur eins. Entweder man hat einen Freund – oder man studiert. Beides geht nicht. Eins schließt das andere aus.«

Maike schwieg.

»Es ist doch nicht nur die Zeit, in der man zusammen ist, die einem für die Arbeit verlorengeht«, sagte Rose, und es klang beinah entschuldigend. »Die auch, natürlich, die in erster Linie. Aber auch sonst. Man telefoniert, oder man zieht sich um, oder man näht sich was Neues. Es ist doch so! Liebe ist zeitraubend und anstrengend. Man muß ausgeruht sein, damit man hübsch aussieht. Und dann rennt man ins Kino. Oder geht spazieren. Oder man sitzt zusammen im Café.

Mir ist es schwer geworden damals. Andreas ist ein feiner Kerl, keine Frage. Aber ich wollte nicht – ich will nicht...«, sie brach ab. Maike sagte nichts. Rose suchte unten im Schrank nach anderen Schuhen.

»Ich hab' Andreas wirklich sehr gern gehabt. Aber es bleibt doch nicht beim Gernhaben. Eines Tages ändert sich die Einstellung zueinander...«

»Das muß nicht sein«, warf Maike ein. »Es gibt Freundschaften, die welche bleiben, bis, nun – bis...«

»Bis sie was anderes werden – oder platzen«, sagte Rose. »Man hat es doch erlebt, hundertmal! Freundschaften – sicher waren wir befreundet, Andreas und ich. Aber eines Tages hätte ihm das eben nicht mehr genügt, und dann...«

»Das braucht doch nicht zu kommen«, sagte Maike hartnäckig. »Natürlich kann man befreundet bleiben. Peer und ich – ja, damals kannte ich ihn erst ganz kurz, aber erzählt hab' ich dir sicher von ihm. Er und ich – also wir sind befreundet miteinander, heute noch. Sehr gut befreundet. Er macht grade den Doktor. – Warum soll das nicht so bleiben, bis – nun, bis ich Staatsexamen hab'? Und approbiert bin? Und den Doktor mache? Den mach' ich bestimmt, da kannst du dich drauf verlassen. Wir sehen uns oft, aber...«, es klang kindlich trotzig, wie Maike dies alles vorbrachte. Sie hörte es selbst.

Rose hörte es auch. Sie kam sich selbst altjüngferlich vor, suchte nach den richtigen Worten. Trotzdem sagte sie:

»Ja. Vielleicht. Vielleicht geht es wirklich. Ich weiß es nicht. – Übrigens glaube ich es nicht«, setzte sie doch noch hinzu.

»Daß wir nur befreundet sind?« fragte Maike.

»Doch. Aber daß ihr es bleibt. – Laß, Maike, wir wollen nicht mehr drüber reden. Es steht jedem frei, dieses Problem auf seine Art zu lösen – falls es lösbar ist. Ich hab' es eben auf diese Art gemacht: Medizin oder Liebe. Und mich für die Medizin entschieden. Jedenfalls, bis ich fertig bin. Viele denken so wie ich, mehr als du meinst. Ich hab' mit etlichen Kommilitoninnen darüber gesprochen. Annelotte denkt so und Sighild und Elke Bronner – weißt du noch, was die für einen tollen Freund hatte? Ja, wir nannten ihn immer den Fürsten. Sie sind auseinander, nein, nicht, weil er eine andere hat. Er hat wirklich keine andere, jedenfalls bis jetzt nicht. Er respektiert Elkes Einstellung.

Man kann nicht beides, glaub es mir. Viele wissen das eben und handeln danach. Man sieht ja immer, was draus wird, wenn man sich nicht entscheidet. Ich jedenfalls finde es blamabel, wenn man mitten im Staatsexamen ein Kind bekommt, um es einmal deutlich auszusprechen.«

»Die Gefahr besteht bei uns nicht«, sagte Maike trotzig. Rose hörte genau, was sie damit sagen wollte. Sie trat ans Fenster neben die Freundin und sah sie nicht an, während sie eine ganze Zeit verstreichen ließ, ehe sie weitersprach, diesmal leise und ein klein wenig unsicher.

»Vielleicht nicht«, sagte sie. »Vielleicht seid ihr die Ausnahme. Das gibt es. Und dein Peer – ich hab' ihn einmal kurz kennengelernt, ich erinnere mich jetzt – groß und breit und helles Haar, maisfarben, dicht und kurz, nicht wahr? – Dein Peer ist sicher ein Prachtstück. Aber auch Prachtstücke – nun, lassen wir das. Wer leben wird, wird sehen. Ich jedenfalls fand und finde auch heute noch, daß es besser ist, man trennt die Geschichte: Hie Liebe, hie Studium – hie Welf, hie Waibling. Was später wird, kann man abwarten. Heutzutage, da alle Menschen biologisch so viel jünger bleiben als früher, kann man ruhig was aufschieben. Aber jetzt: Studium und nichts weiter. Viele, die so weit sind wie wir, denken und handeln so. Also kann es nicht ganz verkehrt sein. Von denen, die sich einen Mann ›erstudieren‹ wollen, rede ich nicht. Die kommen meist nicht mal bis zum Vorphysikum. Stimmt's?«

Sie lachte, und Maike lachte mit. Rose hatte schon ein bißchen Überblick, Maike gab das zu. Miteinander verließen sie das Zimmer, und Rose nahm im Sturmschritt die Richtung Bibliothek. Maike verabschiedete sich an der Ecke des Marktes. Sie war sehr nachdenklich geworden.

Himmel, wie hieß das nun wieder? Stammte das aus dem Griechischen oder war es Latein? Das kommt davon, wenn man nur das kleine Latinum hat. Zur Medizin müßte das große verlangt werden, zu Philologie gehörte es ja auch. Maike dachte voller Neid an ihren jüngeren Bruder, der als einziger der drei Geschwister richtiger Humanist war, mit Latein von der ersten Oberschulklasse an und dann Griechisch dazu. Er wußte vermutlich nicht, wie gut er es hatte. Ach ja, die heutige Jugend! Zornig warf sie das Lexikon, das ihr auch keine Auskunft gab, aufs Fensterbrett. Und es war so heiß, eigentlich konnte kein Mensch erwarten, daß man heute büffelte oder zu büffeln versuchte, drei Tage vor den Ferien.

Es war noch vielerlei zu erledigen. In die Uni mußte sie noch, in die Bibliothek, so und so viele Schwarten zurückgeben, und einmal mußte sie auch noch zu Muck, ehe sie abfuhr, das hatte sie sich vorgenommen. Vielleicht war Muck zwar wieder gesund, aber Maike hatte ein schlechtes Gewissen ihr gegenüber. Und auch sonst ein ungutes Gefühl. Warum hatte Muck ihr eigentlich nicht gesagt, was ihr fehlte? Das hätte alles sehr vereinfacht.

Maike überlegte. Sie fühlte die Versuchung, Muck anzurufen und sich auf diese Weise loszukaufen. Es hätte ihr viel Zeit gespart. Aber Muck hatte ihr das Rad geliehen, ja, geradezu aufgedrängt, und außerdem: Am Telefon würde sie sicher lügen, daß sich die Balken ihres kleinen Häuschens bögen, auch wenn sie noch krank war.

Auf denn, hin zu ihr! Das war wichtiger als die Lernerei. Maike sah auf die Uhr und rechnete aus, wann sie wieder hier sein könnte, zog den Gürtel ihres Kleides zu und fuhr mit der Bürste über das maisfarbene Haar. Da hörte sie vor dem offenen Fenster »Tütü!« Peer – da war er. Wäre sie doch schon vor fünf Minuten gestartet! So sehr sie sich freute, sie wollte jetzt nicht aufgehalten werden.

Einen Augenblick lang fühlte sie die Versuchung, sich ganz still zu verhalten und zu tun, als sei sie nicht mehr da. Peer kam sicher heute abend noch einmal, sie würde ihn also noch sehen. Jetzt war die einzige Chance, zu Marlies zu fahren, ehe sie in die Ferien ging – nein! Sich vor Peer verstecken, ihn betrügen, das wäre häßlich. So etwas tut man nicht mit dem Menschen, der einem am allernächsten steht auf der ganzen Welt, sie jedenfalls tat das nicht. Sie wollte es übrigens auch später nicht tun, wenn sie verheiratet sein würden, nie, nie. Immer wollte sie ihm gegenüber ehrlich bleiben, nie mit kleinen Mogeleien anfangen, wie sie sie oft bei jungen und älteren Ehepaaren beobachtet und schon als Kind nicht gemocht hatte. Nein, immer offen sein, nichts verschweigen und nichts hinzusetzen!

»Tütü!« pfiff sie also, eine Sekunde später als sonst, aber immerhin. Peer, der sich wohl schon Gedanken gemacht hatte, pfiff sofort wieder. Sie guckte aus dem Fenster.

»Also doch«, sagte er ein wenig vorwurfsvoll.

»Was denn: also doch«, wiederholte sie gereizt. »Komm rauf – oder nein, warte, ich komm' runter. Ich muß noch mal weg.«

Sie stieß mit Krach die Tischschublade zu und sah sich flüchtig um – ordentlich war das Zimmer nicht. Es glich eher einem Zigeunerwagen nach einem Bombeneinschlag. Na, wenn schon! Peer sah es ja nicht. Sie drehte den Schlüssel herum und sauste die Treppe hinunter.

»Tag, Maike.«

»Tag, Peer.«

Kein Kuß? Maike war es eigentlich immer etwas genierlich, wenn er sie am hellichten Tag auf der Straße küßte, heute aber vermißte sie es. Es hob ihre Stimmung nicht. ›Dann nicht!‹ dachte sie und rümpfte ein wenig die Nase.

»Knurrig? Und noch mal wegmüssen?« fragte er, und es klang auch nicht gerade nach Liebesgeflüster. Maike ärgerte sich noch mehr.

»Ja. Zu Muck, damit du's weißt«, sagte sie schroffer als notwendig. »Kannst ja mitkommen.«

»Danke, ich bin nicht vergnügungssüchtig. Außerdem fährst du ja mit dem Rad...« Sie hatte das Rad, das angeschlossen an der Hauswand stand, gerade aufgenommen. »Und ich soll hinterherlaufen und Langstrecke trainieren? Bei dieser Temperatur nicht.«

Es klang so ärgerlich, daß Maike sich nun darauf besann, einzulenken.

»Sei nicht böse, Peer, aber ich muß noch mal zu Marlies. Es war so – so mysteriös das letztemal. Sie hat mir nicht mal verraten, was ihr fehlte«, versuchte sie zu erklären. »Nun mach kein Gesicht, mir ist sowieso schon ganz elend von dieser blödsinnigen Hitze.«

Er nahm ihr schweigend das Rad ab und schob es neben dem Bürgersteig her.

»Was wolltest du eigentlich?« fragte sie nach einer Weile. »Oder kamst du bloß so?«

Peer überlegte. Er war nicht »bloß so« gekommen, sondern hatte ein Anliegen, ein bestimmtes, sehr schönes. Das aber rutschte ihm jetzt von der Zunge nach hinten. Er hatte sich sehr gefreut gehabt, es ihr zu erzählen – und daran anschließend die schönsten Pläne zu schmieden. Jetzt schwieg er, eine Sekunde zu lange.

»Dann laß es bleiben«, sagte Maike, die irgend etwas gemerkt hatte. »Ach Peer, du machst es mir manchmal wirklich nicht leicht. Ich muß zu Muck, sieh das doch ein! Wenn ich später mal zu einer Patientin muß, und du bist immer so – so – außerdem ist sie ursprünglich deine Freundin, du vergißt das immer wieder.«

»Gar nicht Freundin, nie gewesen«, sagte Peer ungeduldig und sie absichtlich mißverstehend. Maike belferte los:

»Du weißt genau, wie ich es gemeint hab': dein eingebrachtes Gut, würde der Jurist sagen. Ja, soviel vom Recht der Frau oder der Eheleute weiß ich sogar. Und wenn ich sie auch seit einiger Zeit übernommen habe, so stammt unsere Bekanntschaft doch von dir. Und von deinem Freund Hasse. Also.«

»Hasse kennt auch deinen Bruder«, sagte Peer spitzfindig. Maike ärgerte sich über diese Antwort noch mehr.

»Ja, gewiß, Juristen kennen einander, das ist der Lauf der Welt. Meinetwegen geht also unsere Bekanntschaft mit den Buchs auf meinen Bruder zurück, um so mehr muß ich mich um Marlies kümmern. Kapiert?«

»Danke, ja, Fräulein Lehrerin.«

»Bitte. Kommst du nun mit?«

»Ich hab' ja schon gesagt, ich bin kein Langstreckenläufer. Wenn du mich also nicht auf den Gepäckträger nimmst...«

»Peer, sei doch friedlich. Ich bin nervös, ich weiß. Aber das ist doch immer so am Ende des Semesters. – Was wolltest du mir denn sagen?« fragte sie nun in einem andern Ton. Sie kannten einander doch schon sehr gut, und sie hatte gemerkt, daß sie ihm höchstwahrscheinlich eine Pointe verdorben hatte.

Das tat ihr leid. Sie sah ihn abwägend an.

»Hast du heute abend Zeit für mich?« fragte er jetzt vorsichtig. Maike überlegte schnell.

Eigentlich nicht. Es war noch so viel aufzuarbeiten, sie hatte überhaupt ein miserables Gewissen sich selbst gegenüber an diesem Semesterschluß. So viel gepfuscht und verschoben wie nie zuvor, fast immer Peer zuliebe, aber auch sonst. Hier in der Kleinstadt kannte man inzwischen jeden zweiten Menschen, und immerzu wurde man abgelenkt, mitgelotst, gestört. Weg von hier und in eine andere Universitätsstadt, das hatte sie schon manchmal gedacht. Nie aber im Ernst, natürlich nicht. Denn hier war Peer – und dazu kam, daß sie die Professoren hier kannte und sich in der Stadt wohlfühlte. Und da sollte sie weggehen?

Nein.

»Ja, ich hab' Zeit. Ich nehme sie mir«, sagte Maike, all die blitzgeschwinden Überlegungen beiseitefegend. »Ich komme. Was Schönes? Wunderbar! Nein, warte bis heute abend damit, ja? Wo? Auf meiner Bude, ja?«

»Am besten. Viel Geld haben wir beide nicht mehr zum Ausgeben, glaub' ich.«

»Da hast du richtig getippt. Und wann?«

»Um acht. Gemacht?«

»Gut. Da bin ich längst zurück.«

»Krieg' ich den Schlüssel?«

Sie zögerte.

»Peer, sei lieb: Bei mir sieht es wüst aus. Warte

unten. Ich bin pünktlich. Ja? Und nun sause ich ab, damit ich um so eher wieder hier bin. Tschüssing!«

»Tschüß! Tütü!«

»Tütü!«

Der Fahrradgummi surrte über das schlechte Pflaster. Maike drehte sich noch einmal um und winkte mit hocherhobenem Arm. Fast hätte sie dabei einen alten Mann angefahren, der gerade über den Zebrastreifen wollte. Sie entschuldigte sich im Davonflitzen. Er brummte ihr ärgerlich eine Predigt über Rücksichtslosigkeit und Egoismus der Jugend nach, die sie nicht mehr hörte. Sie fuhr, so schnell sie konnte. Peer hatte ihr etwas Schönes zu sagen! Wunderbar! Da war ja wirklich alles andere Nebensache.

Dachte sie. Sie dachte es noch, als sie mit Schwung vor der Gärtnerei vom Rad sprang. Dort stand Martin von Buch und sah ihr entgegen, als habe er auf sie gewartet. Von diesem Moment an war es, als habe das Leben umgeschaltet vom fröhlich harmlosen Scherzo auf ein wildes Allegro, und es galt einzig, mitzukommen mit dem unsichtbaren Dirigenten, der für das Stück verantwortlich war.

»Wie gut, daß Sie da sind, es ist höchste Zeit«, begrüßte er sie, nahm ihr das Rad ab und stellte es innerhalb des Gartens an den Zaun. Maike sah ihn an.

»Wieso?« fragte sie halblaut, aber im Inneren wußte sie plötzlich, was kam. Irgendwie hatte sie es im Unterbewußtsein geahnt, schon länger. Wahrscheinlich wollte man so etwas nicht wahrhaben, sondern verdrängte es, solange es möglich war. »Was ist – geht es Muck nicht gut?«

»Nein –, ja, sie ist natürlich froh, daß es nun soweit ist«, sagte er und schob Maike durch die Tür, »sie hat wohl ein bißchen zu lange gewartet, weil sie Sorge hatte, es wäre blinder Alarm. Hoffentlich ist das Kind nicht schon da! Ich hab' die Taxe angerufen, aber mit der muß was passiert sein. Nun sind Sie wenigstens da, ein Glück. Sie sind doch Medizinerin.«

»Ja, aber...« stammelte Maike. Himmel, nur das nicht! Sie war doch erst im sechsten Semester, und das alles ohne Hebamme, ganz allein – und bei Muck! Bei jemandem, den man gut kannte, war das alles viel schwieriger. Lieber Gott, laß es noch nicht kommen, lieber Gott, laß es normal liegen, bitte, bitte, keine Steißlage oder placenta praevia oder Zwillinge oder was es sonst noch alles gibt! Wie schnell man denken kann, wenn man Angst hat – da war Mucks Gesicht. Maike atmete eine Sekunde auf, unmerklich, aber tief erleichtert: Das waren noch keine Preßwehen.

»Muck, was machst du denn...« Sie setzte sich auf den Stuhl neben dem Bett und nahm die Hand der Freundin. Marlies, die soeben eine Pause zu haben schien, öffnete die bis dahin zugekniffenen Augen und erkannte sie. Sofort ging ein Lachen über ihr Gesicht, sie stieß den Atem aus und sagte:

»Gott sei Dank, jetzt haben wir ärztlichen Beistand. Wenn es jetzt nicht gut geht!«

»Aber Muck, bist du wahnsinnig! Ich komme zufällig hier raus... Hast du denn keine Hebamme benachrichtigt, du kannst doch nicht ohne...«

»Ich wollte doch in die Klinik!« Muck kämpfte sich mit zusammengepreßten Lippen durch die nächste Wehe und sprach dann schnell weiter, vernünftig und sachlich, die Zeit nützend: »In die Uni. Dort kostet es nichts, und man ist in besten Händen. Wozu studiert man denn? Ich werd' doch nicht hier in der ländlichen Einsamkeit entbinden, wenn eine Universitätsklinik mit allen modernen Einrichtungen am Ort ist.«

»Na also«, bestätigte Maike erleichtert. »Aber dein Bruder sagte...«

»Männer sind immer blöd in solchen Fällen, sie müssen Wirbel machen«, erklärte Muck ein wenig von oben herab. »Martin tut, als käme das Kind schon gepurzelt, und er müßte es abnabeln. Deshalb bin ich ja so froh, daß du da bist. Nein, Martin, du brauchst keinen Finger zu rühren. Maike springt im Notfall ein, aber der Notfall wird nicht eintreten. Die Taxe kommt noch zur Zeit...« Wieder schnitt ihr eine Wehe die Sprache ab. Maike hielt ihre Hand, so fest sie konnte, und ließ nach, als sie am Gesicht der Freundin sah, daß sie vorbei war.

»Danke. Menschenskind, du kannst das gut. Es hilft. Und es ist wirklich noch nicht soweit.«

»Nein.« Maike hatte auf die Uhr gesehen. Die Wehen kamen in Abständen von drei Minuten. »Und angerufen ist die Taxe?«

»Ja. Martin war nicht zu bremsen. Ich hatte nur Angst, wir müßten sie wieder zurückschicken. – Schön, daß du da bist, Maike, da kannst du Martin trösten, wenn ich abgerauscht bin.«

»Aber ich fahr' doch mit! Denkst du, ich lass' dich allein losfahren? Wenn mich schon ein guter Geist heute hierher geführt hat – also du, es war wirklich, als hätte ich was geahnt. Ich...«

»Hast du doch was gemerkt, damals?« fragte Muck schnell. Es klang gespannt. Maike schüttelte den Kopf.

»Nichts, ich Idiot. Nullkommanichts. Ich glaube, ich werde mal eine miserable Ärztin.«

»Quatsch. Wie konntest du! Ich war ja auch ganz verkrochen im Bett, wie solltest du da was merken. Aber es ist wunderbar, daß du da bleibst...« Mucks helle Augen sahen wirklich glücklich und dankbar aus, wie sie so zwischen den Schmerzen zu lachen versuchte. Maike verstand genau, was die Freundin meinte.

»Ich bin auch froh. Ich muß doch dabei sein, wenn der Junge einpassiert.«

»Ach, es wird sicher ein Mädel«, sagte Muck und lächelte, »du, ich bring', glaub' ich, keinen Jungen zustande, und ich möchte doch so gern! Aber seit es losgegangen ist, weiß ich auf einmal, daß es ein Mädel ist. Na, was kommt, wird gewickelt. Aber es wäre doch viel leichter für mich, Olav gegenüber, weißt du.«

Olav – Olav Hasse, natürlich. Wer konnte es denn

anders sein! Maike kam nicht zum Fragen. Es schien Muck gutzutun, nach dem monatelangen Schweigen endlich sprechen zu können. Sie sprach und sprach, sobald die Wehen ihr Zeit dazu ließen, und Maike hielt ihre Hand und lächelte ihr zu und nickte und lächelte wieder. Einmal mußte ja auch die langsamste Taxe kommen, und wenn sie unterwegs einen Zusammenstoß hatte, würde eine andere benachrichtigt werden.

»Manche Männer wollen ja Mädel. Manche wollen tatsächlich lieber eine Tochter«, sagte sie einmal, als Muck eine Pause machte. Die lachte. Es sah ihr so ähnlich, zu lachen, sobald sie auch nur für eine kurze Zeit Luft bekam. Muck war schon ein ganzer Kerl, tapfer und unsentimental, wahrhaftig.

»Olav nicht, das glaub' ich bestimmt. Er hat...«

»Hat er das gesagt?«

»Nein, wie sollte er? Wir haben doch nie über so was gesprochen.«

»Nie von – ich meine...«

»Vom Heiraten. Er kann doch nicht heiraten. Er will doch ins Auswärtige Amt oder ist jetzt schon in Paris...«

»Ja, davon hab' ich auch gehört. Den Assessor hat er gemacht, und sogar sehr gut, heißt es. Ich hab's von Dritten, gesehen haben wir ihn ewig lang nicht. Olav ist tüchtig, wenn es drauf ankommt. Und auf den Assessor kam es ihm an. Beim Referendar war es noch sehr mäßig, wurde damals erzählt.«

»Sehr. Damals gingen wir noch zusammen, richtig, er und ich, und ich wartete vor der Tür, um ihn aufzufangen, wenn er umfiel. Hans Kästner und Hermann waren auch da. Es war wahnsinnig spannend...«, wieder eine Pause, Maike beobachtete unauffällig ihre Armbanduhr. Die Zwischenräume wurden kürzer. »Ja, bei allen andern, die den Referendar machten, berieten die Prüfenden vielleicht eine Viertelstunde, zwanzig Minuten höchstens. Bei Olav geschlagene fünfzig Minuten. Aber dann hatte er doch bestanden. Sogar mit einer Drei. Und den Doktor hat er auch schon, also in der kürzesten Zeit, in der es ging. Deshalb sind wir ja auch nicht verreist. Ich wollte so gern nach Marokko. Aber der Doktor ging natürlich vor.«

»Na und? Er weiß nicht, daß es jetzt soweit ist?«

»Er weiß gar nichts. Überhaupt nichts. Ich hab' es ihm nicht gesagt.« Marlies sah die Freundin ein wenig von der Seite an, so: Wie sie das wohl aufnimmt? »Findest du das sehr komisch von mir? Manchmal denke ich nämlich jetzt auch, es war blöd. Aber nun hab' ich es einmal getan.«

»Es ihm zu verschweigen? Ich weiß nicht, Muck.« Maike kämpfte mit sich: Was um des Himmels willen sagte man darauf? Sie fand es unmöglich, verrückt, hirnverbrannt – so etwas Wichtiges nicht zu sagen! Aber da lag das arme Mädel und stand die Schmerzen aus, hatte neun Monate lang gegen jedermann geschwiegen, da konnte man doch nicht sagen: ›Du Dummkopf, so was muß, muß man doch erzählen! So was ist doch wichtig, lebenswichtig, und es zu verschweigen kann als der schlimmste Vertrauensbruch angesehen werden...‹

»Wir waren damals gerade verzankt, als ich es merkte«, sagte Muck jetzt, das war wieder mal so eine echt mucksche Ehrlichkeit. »Um eine Nebensache, um weiter nichts, weiß schon selber nicht mehr, weshalb. Und da hab' ich es nicht fertiggebracht, erst wollte ich. Und dann – als ich sah, wie sehr er sich freute über sein gutes Examen, und daß er nun endlich fort war, wo er immer hin wollte – er war doch als Referendar auch mal ein Vierteljahr in Singapore, ist hingetrampt, ganz abenteuerlich, er wollte – wollte – Olav ist so ein Willensmensch, weißt du, und wenn ich ihm nun damit dazwischengehagelt wäre...«

»Trotzdem.« Maike versuchte, so ruhig und schonend zu sprechen wie möglich. »Ich finde, ein Kind ist wichtig. Sehr wichtig. Und Olav ist doch ein Mensch, der Haupt- und Nebensachen unterscheiden kann. Oder bist du ganz fertig mit ihm, kannst du ihn gar nicht mehr leiden...« so was sollte es ja auch geben. Maike konnte es sich zwar nicht vorstellen, aber sie hatte ja mittlerweile in manches Schicksal hineingesehen.

»Fertig? Aber wo! Ich finde Olav ganz prima«, sagte Marlies sofort. Es klang so spontan, daß Maike insgeheim aufatmete. »Olav ist ein hervorragender Kerl, ein großartiger Kamerad, in der Wolle gefärbt – wer soll denn das wissen, wenn nicht ich! So viele Reisen hab' ich mit ihm gemacht! Wenn ich an

Istanbul denke! Als ich unterwegs krank wurde, wie er sich da benahm! Und daß er ›e bißchen sächsisch‹ redet, das macht ihn doch nur noch liebenswerter...«

Sie lächelte zärtlich. Gleich darauf wurde ihr Gesicht wieder gesammelt und still, und man sah an ihren Schläfen, wie sie die Zähne zusammenbiß. Maike drückte ihre Hand, bis der Schmerz verebbte. Sie wußte, daß die beiden langen Reisen miteinander unternommen hatten. Bisher hatte sie immer gedacht, die Freundschaft der beiden, eine reine Zweckgemeinschaft, basiere überhaupt auf der Reiselust beider. Sie hätten sich in dieser Beziehung gesucht und gefunden und seien eben als gute Kameraden unterwegs. Sie besann sich sogar, daß sie einmal heftig Partei genommen hatte, als man in größerem Kreis zusammensaß und darüber sprach, und einer hatte gezwinkert: Na, nur Freundschaft wird das wohl nicht sein.

»Bei Olav und Marlies von Buch doch, das können Sie getrost glauben!« hatte sie wütend gerufen, und Peer sagte damals beschwichtigend, aber auch ganz auf ihrer Seite: »Doch, das gibt es schon. Gerade bei den beiden.« Vielleicht waren sie damals auch wirklich noch das Reise-Kameradenpaar gewesen, für das man sie hielt. Oder auch nicht – wen ging das etwas an! Olav aber ging an, ob Marlies jetzt ein Kind von ihm bekam, das fand Maike. »Du, ich glaube – wie ist dir denn so?« fragte sie jetzt, sich zurückrufend. Die Pausen während der Wehen waren länger geworden; sie hatte die Uhr im Auge behalten. Muck nickte ein bißchen betrübt.

»Hast recht. Das Wahre ist es nicht mehr«, sagte sie und seufzte. »Ist ja schön, mal wieder zu Atem zu kommen, aber fertig werden will man eben doch damit, je eher, desto besser.«

»Na, blinder Alarm ist es bestimmt nicht. Manchmal gibt es eben Pausen.« Maike streichelte der Freundin den Handrücken. »Möchtest du was trinken?«

»Ach ja, bitte, einen Schluck. Danke. Nein, Olav die Karriere verderben, das will ich auf keinen Fall. Das hätte ich auch nicht getan – ich meine, ich hätte auch den Mund gehalten, wenn wir uns damals nicht gestritten hätten. Das Vorwärtskommen im Beruf ist für einen Mann doch sehr wichtig.«

»Aber er müßte es doch wissen, meine ich.« Maike sah die Freundin mit gerunzelter Stirn an, schwer überlegend. Muck wartete mit der Antwort.

»Ja und nein. Ja, denn er ist der Vater und hat ein Recht, von seinem Kind zu wissen, wenn es ins Leben startet. Nein, denn er hat dieses Kind nicht gewollt.«

»Du aber auch nicht, oder?« fragte Maike sofort.

»Ich auch nicht. – Aber es war bei mir doch anders«, sagte Marlies von Buch langsam. Man merkte, daß sie versuchte, ganz, ganz ehrlich zu sein. Ehrlich mit sich und ehrlich mit der Umwelt, das war in diesem Fall Maike. »Nein, gewollt habe ich es nicht, aber...«

Maike schwieg. Sie verstand, was Muck meinte, und sie bewunderte sie, daß sie es aussprach.

»Hast du gehofft, daß...?« fragte sie dann ganz leise. Sie kam sich ein bißchen neugierig vor, beinahe unzart – aber Muck hatte ja selbt davon angefangen. Muck war übrigens gar nicht verlegen. Bei ihr ging es anscheinend um eine Erkenntnis, um die sie selbst rang, mit der sie noch nicht fertig war.

»Gehofft ist zuviel gesagt«, murmelte sie, »aber irgendwie – irgendwie – weißt du, so war es vielleicht im Krieg, wenn die Männer hinausgingen, und man wußte nicht, ob sie nächste Woche noch lebten. Nein, das war noch anders, viel schrecklicher, viel schlimmer. Gott bewahre uns davor, es je zu erleben, uns – und unsere Töchter. Töchter – ich spreche schon in der Mehrzahl, womöglich sind es Zwillinge, meine Phantasie hat noch nie zu wünschen übriggelassen. Und wenn man so allein ist, viele, viele Monate – mit Martin konnte ich doch über so etwas nicht sprechen, da kommen und gehen die Gedanken. – Ich meine so: Ich habe Olav eben sehr gern, mild gesprochen. Und in einer Art habe ich es nie geglaubt, daß ich ihn bekomme, ganz, fürs Leben. Ich, verstehst du, die unmögliche Muck, von keinem Mann ganz ernst genommen. Er wollte ja auch, daß wir nur Kameraden waren, lange Zeit. Wir waren jahrelang nur befreundet, wirklich. Und da habe ich – da hat es in mir vielleicht gedacht: Wenn ich ihn schon nicht bekomme – und ich wollte mich seiner auch nicht bemächtigen, begreifst du, was ich meine? Dazu hatte ich ihn viel zu lieb – da will ich wenigstens ein Kind von ihm haben. Das gehört mir dann, wenigstens zwanzig Jahre lang vielleicht – oder doch fünfzehn...«

Sie schwieg. Auch Maike schwieg. Draußen bremste ein Auto. »Die Hebamme«, sagte Maike und stand auf.

Sie war es, Martin kam mit ihr ins Zimmer. Maike stellte ihren Stuhl fort.

»Na, wir haben wohl noch Zeit«, war das erste, was die weise Frau äußerte, und Maike nickte.

»Ja, Wehenschwäche, soviel ich beurteilen kann. Wir gehen jetzt mal ein bißchen spazieren, Herr von Buch, Sie und ich...«

Sie schob Martin aus dem Zimmer, nachdem sie Muck noch mal zugenickt hatte. Martin ging ihr voran an den niedrigen Warmhäusern entlang, setzte sich dann auf den Rand eines gemauerten Brunnens. Maike tat es ihm nach. Er hielt ihr eine Packung Zigaretten hin und zündete sich, als sie verneinte, selbst eine an.

»Na, jedenfalls keine Sturzgeburt«, sagte er und stieß den Rauch aus. »Nun wird wohl auch die Taxe noch kommen, und die wäre nun gar nicht mehr nötig. Heutzutage erscheinen die Storchentanten natürlich motorisiert. Aber mir war vorhin gar nicht sehr wohl, als es losging.«

»Kann ich verstehen.« Maike schwieg eine Weile. Dann fragte sie: »Wissen es Ihre Eltern?«

»Nein. Marlies ist ein Dickschädel. Nun werde

ich wohl den ehrenvollen Auftrag bekommen, ihnen ihre Großelternschaft schonend beizubringen.«

»Das ist durchaus nicht gesagt. Muck ist nicht feige«, sagte Maike leidenschaftlich. Er winkte ab.

»Nein, nein, ich weiß. Meine Schwestern sind alle heroisch. Himmel, auch das natürlich nicht, seien Sie bitte nicht gleich so heftig. Ist es ein Wunder, wenn ich etwas durcheinander bin?« Er schlug um und lachte, und jetzt war die Ähnlichkeit mit seiner Schwester auf einmal verblüffend deutlich. »Ich beantrage mildernde Umstände. Schließlich vertrete ich hier den Kindsvater, und der hat alles Recht, nervös zu sein. Ich habe Marlies sehr gern.« Es klang entschuldigend.

»Ich auch«, sagte Maike herzlich. Sie verstanden sich auf einmal prächtig. Nach ein paar Minuten sagte Maike:

»Hat sie wenigstens die Doktorarbeit fertig?«

Martin zuckte die Achseln.

»Fleißig war sie, mächtig fleißig, das ist wahr. Sie hat gearbeitet, daß es nur so rauchte. Aber auch viel weggeschmissen. Marlies arbeitet nachts. Früh war der Papierkorb voll, oft gestopft, daß ich ihn gleich stillschweigend wegtrug. Ich könnte mir vorstellen, daß es etwas deprimierend wirkt, wenn man seine Produkte so deutlich vor sich hat. Manchmal habe ich sie damit angeulkt. Und da war sie erstaunlich wenig empfindlich. – Haben Sie wirklich nicht gemerkt, was hier los war, als Sie neulich hier waren? Muck erzählte mir von Ihrem Besuch.«

»Nichts, wahrhaftig. Ich fand es die Höhe, daß sie im Bett lag – am Tage – und liegen blieb. Jetzt weiß ich natürlich, warum. Sie sagte damals, sie sei krank gewesen.«

»Ja. Keiner sollte es wissen. Obwohl es natürlich herumkommt, früher oder später.« Er vergrub die Kippe seiner Zigarette nachdenklich in der Erde eines Blumenkastens. »Auch meine Eltern erfahren es natürlich eines Tages. – Nein, über die Doktorarbeit kann ich Ihnen nichts sagen.«

»Vielleicht hat sie sie fertig?« fragte Maike hoffnungsvoll. Martin hob wieder die Schultern.

»Auf jeden Fall bin ich froh, daß es nun, na, *da* ist es ja noch nicht, aber bis morgen doch wohl. Denn ich will doch weg, nach drüben. Ich wäre nicht ruhig gegangen, das können Sie sich gewiß vorstellen, ehe es da ist, und gesund und alles. Das weitere kann Marlies schon allein schaffen, die ist ein Brocken, die wirft so leicht nichts um. Obwohl – verrückt ist es schon, keinem was zu sagen, alles was recht ist.«

Man hörte eine Tür gehen und Schritte. Sie wandten sich sogleich wieder dem Haus zu. Marlies stand in der Tür, angezogen, lächelte ihnen zu, eilig und ein wenig zerstreut.

»Wir fahren also. Nein, umsonst hab' ich die Dame gottlob nicht hergebeten. Willst du wirklich mit, Maike? Dann los! Ja, ich bin froh, wenn du mitkommst, da dich der Wind nun einmal hergeweht hat am heutigen Tag. Martin, halt die Ohren steif! Was andere können, kann ich auch. Und unsere

liebe Storchenmamsell sagt, alles sei in allerschönster Ordnung, gar kein Gedanke an etwas Aufregendes. Nicht wahr, so ist es? Schön, Wiedersehn! Auf dem Fensterbrett steht eine Flasche Kognak. Ich wollte sie dir vorhin schon geben, aber da kam Maike, und ich habe es vergessen. Prost, und trink einen Schluck auf deine Nichte, Onkel Martin...«
Sie kletterte ins Auto, von der Hebamme sanft geschoben. Maike klemmte sich auf den Rücksitz. Sie winkten beide dem Zurückgebliebenen zu. Maike tat er leid, wie er da stand, allein vor seinem ein wenig bröckligen Haus, und so gar nichts dafür konnte, daß das Schicksal derart um ihn brandete...

Auf der Fahrt setzten die Wehen wieder ein. Maike sah es an Mucks Fäusten, die sich ballten und verkrampften, und sie hörte das unterdrückte Stöhnen der Freundin. Nun, einmal nahm wohl auch diese Fahrt ein Ende. Und die Uniklinik, durch hundert und hundert Besuche wie ein zweites Zuhause, blinkte ihnen mit erleuchteten Fenstern vertraut entgegen. Maike begleitete die beiden zur Aufnahme. Dann war auch sie allein.

Es dauerte noch die halbe Nacht, bis Mucks Junge endlich da war. Nun eben doch ein Junge, wie wunderschön! Muck schaffte es ohne Durchgangsrausch, gegen den sie sich gewehrt hatte, um den ersten Schrei nicht zu verpassen, und ohne Riß. Arzt, Hebamme und Assistenten waren alle gleich stolz. Und Muck strahlte. Maike durfte sie noch kurz sehen. Sie war natürlich nicht von der Tür gewichen.

»Hast du gehört? Doch ein Junge«, lachte Marlies selig. »Olav soll er heißen, mir fällt in der Eile nichts anderes ein. Komisch, nicht? Das darf er doch, meinst du nicht?« Maike meinte das auch. Ach, es war herrlich, jede gut auslaufende Geburt war schön, und wenn man so nah beteiligt war, erst recht. Sie hatte schon eine Menge Entbindungen erlebt, aber bei einer Freundin, und noch dazu unter diesen Umständen, war es doch ein besonderes Ereignis. Noch benommen vom Glück und müde von Aufregung und Spannung ging sie endlich, leicht taumelig, heimzu.

Ja, und da kam die kalte Dusche. Wie es oft geht im Leben: Eben war man selig, da hagelt es auf einen herunter.

Maike, die Mütze vom Kopf ziehend, sah auf dem Tisch ihres möblierten Zimmers zweierlei liegen, die Wirtin hatte es wohl hingelegt – einen Zettel mit ein paar Worten in Peers Handschrift: »Habe drei Stunden gewartet. Tschüß.« Kein ›Tütü‹. Maike setzte sich langsam. Sie starrte und starrte auf den Zettel. Peer – sie hatte ihn wahrhaftig ganz vergessen gehabt. Seit dem Augenblick, in dem sie begriffen hatte, was bei Marlies im Gange war, bis jetzt. Vergessen – Peer!

Erst nach einer Viertelstunde konnte sie nach dem Eilbrief greifen, der danebenlag. Ja, das war nun eine schöne Bescherung. Eilbriefe pflegen ja immer zu kommen, wenn etwas auf den Nägeln brennt. Maike öffnete diesen mit vorsichtigen Fingern, als sei er wirklich heiß. Und dann saß sie wiederum eine Viertelstunde und starrte auf das Geschriebene, als begriffe sie es nicht ganz.

Das Haus war dämmerig, weil man der Hitze wegen schon zeitig am Morgen alle Jalousien herunterlassen mußte. So blieb es kühl, wenigstens einigermaßen. Aufgeräumt blieb es auch, sobald Johannes früh zur Schule abgetrabt war. Maike machte sein Bett und tat ein paar Handgriffe in seinem Zimmer. Dann war sie fertig für den ganzen Tag – sozusagen. Das bißchen Essenkochen für zwei Personen am Mittag rechnete ja kaum.

Johannes hätte gut allein hierbleiben können, diese vierzehn Tage, bis seine großen Ferien begannen. Ein Neunzehnjähriger, warum denn nicht! Aber Mutter hatte oft merkwürdige Ansichten. Sie konnte nicht ahnen, was sie ihrer Tochter damit eingebrockt hatte, als sie sie herrief, im Zusammenhang mit der Nachricht, daß Vater ins Sanatorium mußte. Maike versuchte, sich das gerechterweise zu sagen.

Daß Mutter Vater begleitete, fand sie richtig. Vater war sehr umständlich und oft schwierig. So hatte Maike gleich am nächsten Morgen losfahren müssen, um zu Hause einzuspringen, ohne Peer noch einmal gesehen zu haben. Das war sehr schwer.

Briefe können nicht gut erklären. Wenn sie diese Sache – immerzu versuchte sie es – von Peers Standpunkt aus betrachtete, verstand sie, daß er böse war, sehr gut. Ihn auf der Treppe sitzen zu lassen, drei Stunden! Sie hatte ihm gerade diesmal den Schlüssel nicht geben wollen, was sie sonst manchmal tat, weil es so unordentlich bei ihr aussah, jetzt, am Semesterschluß. Das war an sich schon unverzeihlich und hatte ihn in eine ganz hübsche Wut hineingesteigert. Und dann abzufahren, ohne daß man sich sah! Natürlich, es war nötig gewesen, wenn sie es hatte schaffen wollen, die Eltern vor deren Abreise wenigstens noch kurz zu sprechen. Sie hatte sofort angerufen und sich mit der Mutter verständigt. Freilich, was sie da an »Pflichten« zu übernehmen hatte, war in den Augen einer stets überbeanspruchten Studentin recht bescheiden: den Garten sprengen, Beeren und Sauerkirschen abnehmen und einkochen, Blumen gießen und vor allem dauernd die Handwerker anrufen, und, wenn sie wirklich kamen, aufs fürstlichste betreuen. Es war nämlich eine Panne passiert: Wilm, Maikes älterer Bruder, hatte sein Schlüsselbund verloren, und in letzter Zeit waren in der Gegend ein paar Einbrüche vorgekommen. Zugegeben, es ist ein unheimlicher Gedanke, ein Haus tagsüber leerstehen zu lassen, während jemand Fremdes den Schlüssel besitzt. Na ja, so was kommt eben vor, und dann müssen alle Schlösser geändert werden. Handwerker aber sind schwer zu bekommen...

Gerade jetzt mußte das passieren. Mutter ahnte natürlich nicht, wie sich das auswirken konnte, nie so schlimm wie ausgerechnet jetzt. Wäre Maike auch nur einen Zug später gefahren, hätte sie noch mit Peer reden können. Aber dann wären die Eltern schon fort gewesen. Mutter hatte sehr gebeten, geradezu angstvoll.

Nicht nur wegen des Handwerkers. Es handelte sich auch um Johannes. Maike begriff das wohl. Aber vor Dummheiten bewahren kann man eben seine Kinder nicht, weder so noch so. Wenn Johannes welche machen wollte, dann machte er sie auch, obwohl seine Schwester da war. Maike war überzeugt davon.

Mutter sagte, Gelegenheit mache Diebe. Natürlich wäre es verlockend für Johannes, das Haus vierzehn Tage lang allein für sich zu haben. Und da er gerade wieder entsetzlich verliebt zu sein schien – wie Mutter sagte –, so konnte er dann natürlich in allerlei hineinschlittern. Mutter war ziemlich verzweifelt, vor der Entscheidung zu stehen: Wer brauchte sie mehr, Vater oder Johannes? Auf welcher Seite versäumte man Irreparables, wenn man die andere wählte? Maike tat überlegen und weise; sie war nun ja gekommen. ›Fahr also ruhig, Mutter, ich paß schon auf.‹ Mutter wirkte nicht sehr erleichtert. Das verletzte Maike.

»Wäre ich lieber gar nicht gefahren, sondern zu Peer gegangen«, dachte sie heimlich. Dann aber sah sie wieder Mutters unruhiges, verschattetes Gesicht und sagte nichts. »Wenn er abends zu Schuhmachers gehen will, dann laß ihn ruhig«, sagte Mutter noch, während sie versuchte, den Koffer zu schließen, »da ist er gut aufgehoben, nette Familie, Jungen in seinem Alter. Nur wenn er – also Inge heißt sie, den Nachnamen kenn' ich nicht. Aber solange du hier bist, kommt sie wohl nicht ins Haus.«

»Ist sie denn so schrecklich?« fragte Maike und versuchte, das Ganze etwas ins Lustige zu ziehen.

»Ach nein, nur sehr – sehr... Ja, weißt du, ich mag manche Mädel, die herkommen, wirklich gern, viele sogar. Freundinnen von dir, und Wilms Marion, aber da hab' ich doch nie etwas dagegen gehabt. Aber diese Inge... Sei ein liebes Mädel, paß ein bißchen auf. Laß sie nicht den ganzen Abend allein, wenn sie doch mal kommt – das kann ja sein. Du kannst doch fürs Examen lernen, keiner stört dich hier. Also diesmal ist es doch wirklich genauso ruhig wie damals bei Rose.«

Das mußte Mutter natürlich noch sagen. ›Ein krummer Giftpfeil‹, sie hatte es damals also doch übelgenommen, daß Maike bei Rose lernte. Na, sei es drum.

»Und ich danke dir noch tausendmal, mein Mädel, daß du gleich gekommen bist. Wenn du selbst mal Kinder hast und einen Mann, der schwierig zu behandeln ist, wirst du verstehen, was es mir bedeutet...« Mutter fiel ihr plötzlich um den Hals und küßte sie. Maike wurde ganz steif vor Verlegenheit und küßte gerührt wieder und murmelte:

»Passiert nichts, Mutting, heul nicht. Ich bin ja gekommen. Wenn es mit Vater nur wieder besser wird.«

»Ja, das ist wahrhaftig die Hauptsache«, bestätigte Mutter und putzte sich die Nase. »Aber Doktor Langer sagt, wenn er gleich ginge und Kur machte...«

Maike stand und winkte den Eltern nach, bis der Wagen um die Ecke bog. Dann seufzte sie abschließend und ging ins Haus zurück.

Sie hätte Peer ja anrufen können. In der Uni. Sie wußte, wann und wo. Klappte es nicht das erste Mal, dann das zweite oder dritte. Und ihm erklären: so und so.

Aber sie tat es nicht, sie schob es jedenfalls hinaus. Heute noch nicht, morgen vielleicht. Und dann kam dieser viele viele Seiten lange Brief von Muck, der sie beschwor, keiner Menschenseele ein Wort zu verraten, unter keinen noch so gearteten Umständen, auch Peer nicht – das war fünffach unterstrichen –, bis sie selbst klarsehen würde, wo hinaus dies alles ging. Auch Peer nicht! Wie aber sollte Maike ihm dann erklären, daß sie ihn an jenem Abend versetzt, ja, völlig vergessen hatte?

Muck entschuldigte sich sehr. »Wehen machen schwatzhaft, glaube mir«, schrieb sie, und sie verstehe sich selbst nicht, so ins »Ruddeln« gekommen zu sein. Vielleicht sei es mit der sogenannten Seele ähnlich wie mit dem Körper; was man neun Monate lang ganz allein mit sich herumgetragen habe, war gewachsen und größer geworden und sprengte nun die Hülle, drängte energisch ans Licht. Ein einziges Glück nur, daß sie, Maike Hegerfeld, es gewesen sei, die dabei war. Nicht auszudenken, wenn sich dieser

Schwall auf irgendeine studentische Klatschbase ergossen hätte!

Muck schrieb ironisch, drollig und im ganzen sehr tapfer. Sie schien sich gefangen zu haben, wenn sie sich überhaupt je verloren hatte. Maike, der jetzt mehr Zeit blieb zum Nachdenken als je, kam immer mehr zu der Überzeugung, daß dieser Weg, den Muck zu gehen entschlossen schien, wohl der richtige für sie sei. Sie bewunderte Muck wegen ihrer Stärke. Wäre sie selbst so konsequent gewesen? Ach, alle Fälle liegen anders, und es war nur ein einziges Glück, daß sie selbst nicht vor so einer Entscheidung stand. Warten war besser, Warten war gut...

Von diesen Überlegungen abgesehen jedoch war sie ziemlich bedrückt. Dieses plötzliche Nichtstun nach dem anstrengenden Endspurt an der Uni, den sie abgebrochen und nicht zu Ende geführt hatte, war nicht das Beste. Zunächst schlief sie sich einmal richtig aus, sechzehn Stunden, das tat wohl. Dann aber fühlte sie sich mehr und mehr unzufrieden und schlecht gelaunt. War das eine Aufgabe, hier herumzustehen und auf einen großen Jungen aufzupassen, »auf alle Fälle«? Der Handwerker kam, änderte die Schlösser, hinterließ eine Schaufel Späne und neue Schlüsselbunde, und dafür hatte sie, Maike Hegerfeld, vielleicht das Glück ihres Lebens aufgegeben. Lohnte das den Einsatz?

Mutter schrieb bunte Karten, auf denen sie meldete, daß Vater in guten Händen sei, daß die Waschmaschine nur mit Vorsicht benützt werden dürfe –

Maike hatte sie überhaupt noch nicht in Betrieb gesetzt –, weil der eine Knopf immer herausspringe. Maike solle sich mal an den Kundendienst wenden und nachsehen lassen. Und die Frühäpfel müßten aufgelesen werden. »Eßt sie auf, einzukochen brauchst du davon nichts, obwohl Vater gerade Apfelgelee so gern ißt.« Worauf Maike aus einem halb rebellischen, halb leidenden Tochtergefühl heraus zehn Gläser Gelee kochte und sich über Johannes ärgerte, der, heimgekommen, spöttisch sagte: »Na ja, so was könnt ihr Mädel, aber sonst...« Und wer bügelte ihm denn die Hemden? Und wer hatte, wenn dies alles nicht gerechnet wurde, schließlich das Physikum mit einer Drei gemacht, bitte, fauchte sie. Er grinste, wie nur jüngere Brüder in den Flegeljahren grinsen können.

Heute, am Samstag, hatte er drei Kameraden eingeladen, drei große, gut erzogene Jungen, die Maike höflich begrüßt hatten und jetzt mit ihm auf dem Gartenplatz saßen und Karten spielten. Sie hatten sich Bier herangeschleppt, und ihre Lachsalven dröhnten durch die Stille des Sommerabends. Maike kam sich überflüssig vor, nachdem sie das nötige Bettzeug zurechtgelegt hatte. »Hans ist mit dem Wagen hier, sie fahren nicht zurück, damit wir mal richtig einen heben können«, hatte Johannes erklärt. Daß die Jungen mit Alkoholpromille nicht fahren wollten, fand sie gut und richtig. Daß sie aber nicht die geringste Notiz von ihr nahmen, kränkte sie.

Nun ja, Brüder. Maike war gerade so weit mit ihren Gedanken gekommen, daß sie überlegte, ob Peer mit seinen Schwestern ähnlich umginge, als sie einen Wagen bremsen hörte. Mehr aus Langeweile als aus Neugier ging sie zur Tür und guckte durch den Spalt – gleich drauf stieß sie sie ganz auf und rannte hinaus, flog dem soeben ausgestiegenen Fahrer an den Hals. Peer!

»Grade habe ich an dich gedacht«, lachte sie, als sie wieder sprechen konnte, und Peer sagte nach einer Weile, als er seinerseits Luft bekam, und die Weile war gar nicht sehr kurz:

»Ich hoffe sehr, du tust nichts anderes als das.«

Eingehakt, im gleichen Schritt, gingen sie über den Bürgersteig dem Haus zu. Maike bremste ein wenig.

»Wart, nicht so stürmisch. Wir haben Besuch.«

»Ach, ich komme ungelegen?«

»Unsinn, natürlich nicht. Hattest du den Eindruck bei meiner Begrüßung? Na also. Aber – nun ja, ich bin als Aufpasserin meines jüngsten Bruders herbeordert worden, verstehst du, und...«

»Und?«

»Ja, und. Also heute ist er gottlob gut aufgehoben, hat Freunde da, die auch über Nacht bleiben.«

»Da ist das Haus voll?« Peer sah sie verschmitzt an. »Ich hatte gar nicht die Absicht, hier zu übernachten.«

»Nein?« Maike stellte sich dumm. Was sollte sie sagen? Große Hauptsache: Er war nicht mehr böse.

»Hör mal zu, wenn wir schon nicht davon sprechen: Ich kann, nein, ich kann gar nicht davon sprechen«, sagte sie jetzt hastig, seine gute Laune wahrnehmend und alles Schwierige so schnell wie möglich hinter sich bringend, »warum ich dich neulich versetzt habe. Es war einfach notwendig, verstehst du, aber ich kann es dir nicht erklären. Wirklich nicht, bitte frag mich nicht. Später. Vielleicht. Wollen wir es so lange auf Eis legen?«

»Hm.« Das klang überlegend, nicht unbedingt zustimmend. »Ich weiß noch nicht. Ich sage nur ja, wenn du mir auch einen Gefallen tust.«

»Welchen denn?« fragte sie argwöhnisch. So war Peer sonst doch nicht, daß er Bedingungen stellte?

»Du sollst mich fragen, wie ich an dieses herrliche Vehikel komme!« Er wies voller Stolz hinter sich, und nun nahm sie erst bewußt wahr, daß er allein in einem Wagen gekommen war. Einem mattblauen, wackligen, recht mitgenommenen Deux-Cheveaux, jenem eierköpfigen Citroën, dessen Typ sie natürlich kannte. An der Uni fuhr ein Student denselben, der hatte hinten ein Schild angebracht: ›Ihr Wagen gefällt mir auch nicht.‹

»Wo hast du den denn her?« fragte sie mit runden Augen.

»Du wirst lachen: gekauft!« sagte Peer voller Stolz. »Gekauft und bar bezahlt. Einmalige Gelegenheit. Ich bin also Autobesitzer, jawohl. Und damit wollte ich dich neulich abend überraschen, als du nicht kamst.«

»Menschenskind, Peer, ein Auto...«, sie flog ihm noch einmal an den Hals. Er küßte sie und lachte, und sie spürte endlich, daß alles gut war, alles, alles, auch das Unausgesprochene. Ein Berg fiel von ihrem Herzen – Peer war wieder gut! O Peer!

Nachdem sie eine halbe Stunde lang jede Einzelheit des herrlichen Besitztums bewundert, am Steuer gesessen, gehupt, den Scheibenwischer angestellt und das Radio hatte quieken lassen – sogar ein eingebautes Radio hatte der ›Wagen‹ –, besann sie sich auf ihre Gastgeber- und Hausfrauenpflichten.

»Du kommst doch rein, los! Natürlich kommst du, du mußt doch sehen, wie wir wohnen«, sagte sie. »Nein, das gibt's nicht, hier zu kneifen. Jetzt kriegst du ein Abendbrot, ehe...«

»Ehe?«

»Ehe wir ein Stück fahren – das tun wir doch, oder?« fragte sie, jetzt beinah schüchtern. Peer versprach es ihr mit der Geste eines Grandseigneurs. Und er kam mit ihr ins Haus, begrüßte die Jungen, war lieb und freundlich und sah so unwahrscheinlich gut aus, daß Maike sich in seinem Licht reckte wie ein Kater im Maisonnenschein. ›Es fehlt nur noch, daß ich vor Behagen schnurre‹, dachte sie einen Augenblick lang, ›aber Johannes tut es ganz gut, zu sehen, was für tolle Bekannte seine Schwester hat!‹ Ach, es war schön, Peer da, nicht mehr böse, Peer hatte ein Auto, Peer war der geliebteste, beste, wunderbarste Mensch der Welt, und die Jungen sollten platzen, wenn sie sahen: so ein Peer kam zu *ihr*!

Er saß auf dem Küchenhocker, während sie eine Platte mit bunten Schnittchen zurechtmachte; sie wollten mit den Jungen zusammen noch etwas essen. Die Fenster der hellen und zum Glück gerade tipptopp ordentlich aufgeräumten Küche standen offen, und lauwarme Sommerluft drang herein. Die Linde draußen an der Straßenkreuzung mußte wohl blühen, es roch richtig nach Honig. Maike sagte das, und Peer antwortete: »Das ist der richtige Sommerduft. Lindenduft, der süßeste von allen, gehört schon zum Sommer, alle andern Bäume blühen früher. Ich mag Linden so gern –«, und dann erzählte er von zu Hause, wie jeder, der in seiner Kinderheimat eine Linde weiß. Maike hörte ihm zu und dachte, während sie Radieschenbrote zurechtmachte und Schinkenscheiben einrollte, daß sie ihn von dieser Seite noch nicht kannte. Wie nett er von seiner Mutter sprach! Sie sei nicht dick und rund wie die meisten Mütter, sondern beinah schlank, in ihrem Alter! und früher vielleicht sogar eine Schönheit gewesen, jedenfalls auch jetzt noch sehr gut aussehend. Ein bißchen s-teif Fremden gegenüber, vielleicht, sie s-tamme ja aus Bremen, im Grunde aber eine Prachtfrau.

»Meine Mutter ist auch soweit in Ordnung«, sagte Maike, als er schwieg, all ihren Ärger über Mutters recht übertriebene Sorgen im Augenblick vergessend, »freilich sind Mütter meistens Glukken, das kommt daher, daß sie aus einer anderen Zeit stammen.«

Die Jungen zeigten sich sehr begeistert, als Maike mit der Riesenplatte Schnittchen ankam, und ließen bereitwillig die Karten sinken. Peer trank ein Glas Fruchtsaft aus dem Kühlschrank.

»Nein, Alkohol lieber nicht, nimm dir ein Beispiel an diesen jungen Kraftfahrern. Die fahren nach dem Bier keinen Kilometer mehr.« Sie lobte und pries diese Einstellung. Die drei Jungen genierten sich ein bißchen, freuten sich aber doch darüber.

»Wir wollen nachher noch ein Stück mit dem Wagen fort, Peer hat sich gerade ein Auto gekauft«, erklärte sie stolz-bescheiden.

Nun gab es einen blitzartigen Aufbruch vom Abendbrottisch, jeder wollte den Wagen zuerst sehen. Maike lachte und lachte, als sie vor dem Citroën standen und erst ein bißchen dumme Gesichter machten, ihn dann aber, Peer zu Gefallen, sehr lobten. Er brauche unglaublich wenig Benzin, und die Federung sei bekanntlich ein Traum, Längsfederung wie bei Amiwagen, und Bodenfreiheit besitze er! Kurz, es sei *der* Wagen für den Studenten.

»Peer hat das Staatsexamen schon, er macht nur noch seinen Doktor, daß ihr's wißt«, sagte Maike schnell. Dies alles aber, was sie auch sprachen und taten, spielte sich ab wie in einem Traum. In einem Sommerabendtraum hier am Rande der Großstadt, wo Bäume rauschten und gutgekleidete ältere Herren ihre Hunde ausführten, auf Straßen, die weder Straßenbahnen noch wildgewordene Wagen kannten, sondern nur vorsichtig und rücksichtsvoll heranrollende Anlieger. Wo es nach blühender Linde roch und man auf dem Bürgersteig stehen konnte und schwatzen, wie früher die Kleinstädter vor ihren Häusern, wenn der Sommerwind sie umschmeichelte, so daß sie nicht ins Haus zurückwollten.

Maike zog sich dann um, und sie fuhren los.

»Stellt bitte das Haus nicht auf den Kopf, wir sind gleich wieder da!« rief sie und winkte. Die vier Jungen winkten zurück.

»›Gleich‹ ist übertrieben«, lachte Peer verschmitzt und schaltete, »wer hat denn hier was von ›gleich‹ gesagt?«

Maike sah ihn an. Dann schwiegen beide. Es gab auch gar, gar nichts mehr zu sagen.

2

Der Wecker! Und man war gerade erst eingeduselt. Und noch so müde, zerschlagen, müder als am Abend; das kam davon, daß man sich dauernd hin und her warf. Wahrscheinlich war Vollmond, deshalb konnte man nicht schlafen. Maike streckte im Liegen die Hand nach dem Kalender aus, im nächsten Moment aber zuckte sie zurück. Dadurch wurde sie ganz wach – und sehr ärgerlich auf sich selbst.

Gut, daß niemand sie beobachten konnte, sie benahm sich ja geradezu hysterisch. Auf, los, unter die

Brause und hinein ins volle Menschenleben. Der heutige Tag würde randvoll gestopft sein, das wußte sie jetzt schon. Und das war die einzige Chance, ihn zu überstehen. Pausenlose Arbeit trägt einen wie der Strom den Schwimmer.

Sie lief ins Bad und drehte den kalten Hahn auf, nicht den mit dem roten Punkt, der zwar nie heißes, aber doch immerhin gemildertes kaltes spendete. Nein, eiskalt mußte man duschen, damit man richtig wach wurde – und überhaupt. Kaltes Wasser am Morgen macht widerstandsfähig für den ganzen Tag.

Sie stand und fühlte es eisig auf sich herabprasseln, aber es belebte sie nicht. Sie hatte das Gefühl, als erstarre sie, statt lebendig zu werden. Ärgerlich drehte sie ab und fing an, sich zu frottieren. Heute Klinik, dann zu Vera, mit der sie eine Stunde pauken wollte. Vera wohnte so nahe der Universität, daß es sich lohnte, zu ihr zu laufen. Dann wieder Klinik. Dann – nein, Mensa nicht. Sie besaß keine Marken mehr. Und es war gut, wieder einmal eine Mahlzeit zu überspringen.

Man sah ihr natürlich noch nichts an, bestimmt nicht. Sie sagte sich das jeden Tag, aber einmal würde man es. Eines nicht mehr fernen Tages, soviel sie auch hungerte. Außerdem – war es zu verantworten, zu hungern, wenn...

Natürlich war es das, antwortete sie sich selbst ärgerlich, sie hungerte ja nicht so, daß es ihr schadete. Wahrhaftig nicht, heute, in der Zeit des Überflusses. ›Es fressen Hunderte sich tot, eh einer stirbt an Hungersnot...‹, das paßte wahrhaftig auf die jetzige Zeit, wenn auch nicht unbedingt auf die Lage aller Studenten. Die meisten aber sahen gut aus, das mußte man zugeben. Die Zeit der hungernden Werkstudenten war vorbei. Und für sie selbst war es bestimmt sogar gut, knapp zu essen.

Schön, keine Mensa. Aber wenigstens Obst, es gab jetzt billige Äpfel. Oder man müßte anderes Obst mit viel Vitaminen essen, dachte es weiter in ihr, man müßte doch...

Man müßte, man müßte, man müßte. Maike stand und starrte zum Fenster hinaus. Heller Septembernebel lag über den buckligen Dächern der kleinen alten Häuser, schon fing er an, sich zu lösen, sich aufzulösen – und zu zergehen in nichts. Septembertage, erst versponnen und dann voll von klarem Licht – wie schön könnten sie sein, hier in dieser lieblichen, anmutigen, gleichsam entgegenkommenden Landschaft. Wie wunderbar das Tal in der Färbung, der Mischwald, grün die Nadelbäume und rot und golden das Laub, wie herrlich der Schloßpark mit den Riesenkastanien! Maike stand und merkte nicht, daß die Tränen ihr über die Wangen liefen. Die Welt war so unbeschreiblich, so überwältigend schön, kaum zu ertragen, wenn man solch ein schweres Herz hatte.

Wahrhaftig, kaum zu ertragen. Sie wischte sich mit dem Handrücken rund um das ganze Gesicht. Auch noch heulen – Heulen macht nichts besser. Handeln, zupacken, Mut zeigen...

Sie sagte sich das jeden Tag, aber sie war wie gelähmt. Hundertmal hatte sie angesetzt, um endlich mit Peer zu sprechen, und es immer wieder verschoben. Sie mußte an den Film denken, den sie damals miteinander gesehen hatten, und an Muck. Beide, das junge Mädchen im Film und Muck, hatten es nicht fertiggebracht, das Wort auszusprechen, das nötig war, gesprochen zu werden. Und sie, Maike Hegerfeld, hatte empört erklärt: ›Das muß man doch können! Den Mut muß man doch aufbringen! Wenn schon, dann muß man sich eben ein Herz fassen und mit seinem Freund sprechen!‹

Leicht gesagt. ›Nie weiß man, wie auch der Geliebteste reagiert, wenn er das hört‹ – so ähnlich hatte Muck damals gesagt. Maike hörte es noch, und sie wußte noch, was sie damals gedacht hatte. Und jetzt?

Vielleicht stimmte es ja auch gar nicht. Vielleicht bildete sie sich alles nur ein. Manchmal verschob es sich ja, und welch schreckliche Blamage, wenn sie jetzt Panik machte, und es war gar nichts los. Deshalb vor allem zögerte sie immer wieder. Außerdem war ihr nie schlecht.

›Dann ist es ein Junge‹, frohlockte ihr Herz heimlich – sie hatte einmal gehört, daß man bei Jungen keine Übelkeit fühle, obwohl Frauen das erzählten, keine Ärzte. Dann wieder rief sie sich selbst zur Ordnung: ›Wie kann man sich nur freuen!‹ Es brachte ja alles durcheinander, wenn es so war. Sie wollte doch fertig studieren.

Das wollte sie, auf jeden, wirklich jeden Fall, und wenn es Drillinge waren. Unfug, Drillinge, das gab es nur so wunderselten, daß man es in Prozenten nicht ausdrücken konnte. Aber fertig studieren wollte sie, und wenn sie Geld, Zeit und alle anderen Voraussetzungen dazu stehlen mußte. Den Dr. med. machte sie, das stand fest. Wenn aber Peer nun »Nein« dazu sagte?

Beklemmend wurde ihr bewußt: Wenn es stimmte, was sie annahm, dann war sie in einer Beziehung – in einer sehr wichtigen – nicht mehr Herr ihrer Entschlüsse. Bisher hatte sie sagen können: Ich will das so und so, und wenn mir niemand hilft, dann muß ich eben hungern und die Nacht zum Tage machen und einen Job annehmen, aber meinen Willen setz' ich durch. Jetzt konnte sie das nicht mehr in vollem Umfang sagen. Jetzt mußte sie Rücksicht nehmen auf ein anderes Wesen, auf eins, das auf sie angewiesen war.

Sie hatte immer den Willen zur Bescheidung gehabt, war mit einem geringeren Monatswechsel als die anderen durchgekommen, hatte auf alle Ferien verzichtet, hatte nachts und an Sonntagen geschuftet, ohne Rücksicht auf ihre freilich sehr robuste Gesundheit.

Dies alles wurde jetzt in Frage gestellt. Durfte sie noch hungern? Durfte sie noch Kaffee trinken und Zigaretten rauchen und sich ganze Nächte um die Ohren schlagen, wenn es nötig war, für ein Examen zu büffeln?

Dies alles hatte sie sich nicht überlegt – vorher. Sie hatte, genau besehen, überhaupt nicht überlegt. Früher ja. Als sie die Schicksale der anderen sah und verfolgte: Mucks entschlossenes Alleinbleiben, die Schwierigkeiten bei Paaren, die geheiratet hatten, wie beispielsweise Uwe und Elisabeth. Sie kannte noch andere, solche, die das Beste daraus machten, sich mit Humor und Gleichmut durchbissen, und solche, die sich in der Enge des Raumes und bei der Schmalheit ihrer Geldbeutel aneinander rieben und verbittert und unleidlich wurden. Immer hatte sie gedacht: Gott sei Dank, das kann uns nicht passieren. Bis dann…

Ja, bis. Es war nicht so, daß sie dies bereute. Jene Sommerwoche im Juli zu Hause, einmal ganz herausgerissen aus Alltag und Pflicht und aus ihrer sonstigen Umgebung, als Peer jeden Tag kam und sie besuchte – wunderbar war das gewesen, traumhaft schön. Und sie hatte Peer von einer anderen, neuen Seite kennengelernt, von einer, die sie bisher noch nie erlebt hatte, von der Sonntagsseite. Alles schien bei ihnen kopfzustehen; gewöhnlich lernte man sich an Sonntagen oder in Ferienstimmung kennen und lieben und war dann vom Alltag enttäuscht. Sie kannten sich schon lange in Alltag und Arbeit und erlebten nun plötzlich, wie es war, Zeit für den Partner zu haben.

Peer war seltsam gewesen, sanft vor Glück und ein wenig verschmitzt vergnügt, und von einer unwiderstehlichen Zärtlichkeit. ›Daß du das bist,

Maike‹, hatte er einmal gesagt, in einer seligen Verwunderung. Wenn sie an seine Stimme dachte, an seine behutsamen Hände damals – nein, bereuen konnte sie es nicht, nie.

Sie würden eben heiraten. Immer hatten sie das ja vorgehabt, wenn sie auch nicht davon sprachen. Hatten sie wirklich nie davon gesprochen? Wieder lief es Maike siedendheiß übers Herz: nein, gesprochen hatten sie nie davon. Sie, sie hatte es sich immer gewünscht, es hatte vor ihr gestanden wie eine Verheißung, die das Leben schenkt: einmal heiraten wir. Vorher aber, ja, natürlich, vorher mußte das Staatsexamen erdient werden, der Doktor gemacht, approbiert sein – dies alles war ein weiter Weg voller Hürden und Hindernisse, die man zu nehmen hatte. Dann, ja, dann konnte man weitersehen und vom Heiraten sprechen.

Jetzt aber? Alles war verkehrt. Wenn sie sich vorstellte, sie müßte nun – ja, bald, wenn auch nicht sofort, aber unausweichlich bald, schwerfällig und entstellt zwischen den anderen hübschen und schlanken Studentinnen in Klinik und Hörsaal sich bewegen, dann graute ihr. Selbstverständlich war es keine Schande, ein Kind zu bekommen, wenn man verheiratet war, aber schön sah man vorher wahrhaftig nicht aus, und sie verstand Muck jetzt, die sich damals so konsequent verkrochen hatte, damit keiner etwas ahnte.

Muck. Wie mochte es ihr gehen, ihr und dem Kleinen! Maike dachte plötzlich mit einer weichen, schwesterlichen Sehnsucht an Marlies, so, als könne die ihr helfen. Sie hatte ja auch noch Mucks Fahrrad da, das brauchte Muck jetzt bestimmt wieder, jetzt mehr denn je. Ein Kind macht Arbeit, und Radeln erspart Zeit. Sie mußte es ihr bestimmt bald wiederbringen. Wann? Heute. Wenn man wirklich wollte, konnte man auch. Vollgepackt waren alle Tage. Vielleicht sprach sie sich sogar aus mit Muck?

Maike fühlte sich bei diesem Gedanken gleich ein bißchen besser. Mucks Art, zu dem zu stehen, was sie tat, imponierte Maike, auch wenn sie den Grund nicht ganz einsah. Muck hatte etwas Gesundes und herzhaft Nüchternes an sich, das erfrischte.

Um so enttäuschter fühlte sich Maike, als sie vor der Buchschen Gärtnerei vom Rad sprang und auf ihr munteres »Hallo!« keine Antwort bekam. »Hallo!« Noch einmal, etwas lauter. Jetzt hörte sie Schritte knirschen – nein, es war Martin, der um das Gewächshaus herumkam, in kurzer Hose, eine grüne, erdige Schürze umgebunden, richtig Gärtner.

»Guten Tag – ist Muck nicht da?«

»Nein, sie ist zum Arzt. Vor einer Stunde weggegangen.«

»Zum Arzt? Ist sie...«

»Wegen des Kleinen. Nein, nicht schlimm, er hat wohl einen Nabelbruch oder so was. Vom Brüllen. Na ja, und da regt sie sich auf.« Er lachte. Maike nahm sofort Partei.

»Brüche sind gar nicht ›oder so was‹. Natürlich muß man da zum Arzt und sich kümmern!«

»Jaja, sie tut es ja auch. Schade, daß sie weg ist. Sie hätte sich bestimmt gefreut, spricht oft von Ihnen. – Meine Schwester ist sehr allein«, sagte er dann, mehr vor sich hin. Maike fühlte das schlechte Gewissen brennend in sich hochwogen. Wahrhaftig, sie hätte längst kommen müssen!

»Wann trifft man sie denn mal?« fragte sie hastig. Martin lächelte ein wenig schief.

»Sonst immer. Sie kann ja nicht weg. Oder vielmehr: Sie könnte schon, jetzt, wo ich noch da bin. Nach dem Kleinen sehen, daß er sich nichts überzieht und erstickt, kann ich schließlich auch. Und wenn ich erst fort bin…«

»Wann gehen Sie denn?« fragte Maike leise.

»Immer noch nicht sicher. Aber einmal schon«, sagte er und seufzte ein wenig. »Aber bis dahin ändert sich vielleicht noch manches –«, er sprach nicht weiter. Maike wußte genau, was er meinte.

»Ihre Eltern wissen immer noch nichts?« fragte sie nach einer kleinen Weile.

»Nein. Das ist für mich natürlich auch scheußlich, wenn ich nun denke, ich lasse Muck hier allein. Später erfahren sie es ja doch. Aber vielleicht kommt sie zur Vernunft, wenn ich dann wirklich gehe.«

»Zur Vernunft kommen – was meinen Sie damit?« fragte Maike scheu. Er sah sie an. Sie wurde rot unter seinem Blick, versuchte, ihm standzuhalten.

»Das können Sie sich doch vorstellen: mit Olav sprechen. Mit Olav dem Großen, Olav dem Ersten«, sagte er mit einem etwas grimmigen Lachen. »Das Kind allein großziehen, das ist doch Krampf. Das ist doch Anstellerei, alles was recht ist. Ein Vater muß doch von seinem Kind wissen. Er hat ein Recht drauf, meine ich. Ich jedenfalls wäre sauer, wenn mir ein – nun, wenn das Mädchen, das mir nahesteht oder einmal nahestand, nichts davon verrät. Denn verzankt sind die beiden doch wohl nicht, oder?«

»Marlies und Olav? Ich weiß nichts davon«, sagte Maike rasch. »Ich weiß nur, daß sie – nun, den Mund gehalten hat, weil er im Auswärtigen Amt ist. Attaché, oder kurz davor, so genau weiß ich das nicht. Ich habe nur gehört, daß es da gern gesehen wird, wenn man unverheiratet ist, man wird dort hin und her geschickt, mal da und mal dort eingesetzt. Und das will sie ihm nicht verkümmeln, wie sie sagt, er hat sich jahrelang darauf gefreut. So ist es, soviel ich weiß«, schloß Maike. Nein, als Spinnerei sollte Mucks Tapferkeit nun doch nicht ausgelegt werden, das empörte Maike. Martin winkte ab.

»Ich weiß, ich weiß. Trotzdem finde ich es verrückt. Einmal erfährt er es ja doch, und wie er dann reagiert... Wie gesagt, auf mich würde es geradezu empörend wirken, ich empfände es als Mangel an Vertrauen. Vielleicht kommt mir das so vor, weil ich ja gewissermaßen verantwortlich bin für sie. Wir haben lange miteinander gehaust, und Marlies steht mir nahe, am nächsten von allen Geschwistern. Deshalb kann ich aber doch meinen Plan, hinüberzugehen, nicht aufstecken, alles was recht ist...«, er sprach noch weiter. Maike verstand, wie sehr ihn das alles beschäftigte, auch weil er schließlich nahe beteiligt war.

»Wenn Sie weg sind, kümmere ich mich um Muck«, sagte sie hastig, als er dann schwieg. Sie fand selbst, daß es kläglich klang, vor allem jetzt, da sie so lange nicht hier gewesen war. »Wann denken Sie denn, daß es soweit ist?«

»Ach, es hat sich bisher immer wieder verschoben, beinah glaub' ich selbst nicht mehr recht dran. Diesen Winter voraussichtlich noch nicht...« Er sah vor sich hin. »Ich gehe erst, wenn ich weiß, was mich drüben erwartet. Als Pionier ins Blaue, das ist nicht meine Sache«, murmelte er. Maike atmete insgeheim ein wenig auf. Also noch nicht heute und morgen.

»Ich komme wieder«, versprach sie, als sie sich verabschiedete, und drückte seine Hand heftig. »Ich komme – bestimmt. Ich muß doch auch nach dem Kleinen sehen. Sagen Sie Muck, ich käme noch diese Woche – und grüßen Sie sie bitte sehr!«

Er nickte ihr zu, befangen in seinen eigenen Sorgen. Sie fuhr ab. So, jetzt wußte sie es, jetzt wußte sie, wie Männer – richtige Männer, über so was denken. Mangel an Vertrauen – war es auch, wahrhaftig! Sie mußte mit Peer sprechen, heute noch. Los!

In Gedanken hatte sie Marlies' Fahrrad wieder mitgenommen und merkte es erst, als sie schon wieder in der Stadt war. Um so eher würde sie also noch einmal hinaus müssen. An der nächsten Telefonzelle, an der sie vorbeikam, hielt sie und rief von dort aus Peer an. Sie erreichte ihn sogar sofort und bat ihn, sich abends mit ihr zu treffen. Er zögerte, sagte dann aber zu. Maike hängte aufatmend ein. Jetzt mußte sie Farbe bekennen, sie hatte gesagt, sie müsse ihn in einer wichtigen Angelegenheit sprechen. Natürlich würde er dann fragen, in welcher, und dann blieb ihr keine Wahl mehr.

Jede Entscheidung hat etwas Befreiendes, auch wenn man sich davor graust. Maike erledigte ihren randvoll gestopften Nachmittag gleichsam mit geschlossenen Augen, jedenfalls, ohne nach rechts und links zu blicken. Er führte auf Peer zu und auf die endlich stattfindende Aussprache, alles andere wurde zur Nebensache. Sie hatte ihn gebeten, in das Café zu kommen, in dem sie manchmal saßen. Sie nannten es »ihr« Lokal. Dort hatten sie sich kennengelernt, Peer war damals hereingekommen, als Maike mit ein paar Kommilitonen dort saß, die er auch kannte. Er war ihr vorgestellt worden und hatte sie nachher ein Stück begleitet, als sie früher als die anderen aufbrach. Bis zur Klinik war er mitgegangen. Das alles wußte sie noch ganz genau.

Auch an diesem Abend war sie früher da als er. Der langgestreckte und modern gekachelte Ofen mit den weißen Fugen zwischen den roten Klinkern, den sie so hübsch fand, war schon ein bißchen geheizt, es überrieselte einen wohlig, wenn man von draußen kam. Sie bestellte einen Kaffee. Gleich darauf ging die Tür, und Peer kam herein.

Maike winkte ihm zu, während es beinah wie ein Schmerz durch sie ging, so schön sah er aus, fand sie. Noch braun vom Sommer, und das Haar abstechend hell. Er trug, zu seinen Augen passend, wie sie manchmal neckend sagte, den blauen Pullover mit dem Rollkragen, der ihn besonders gut kleidete. Ob der Junge so aussehen würde wie er? dachte es verweht in ihr. Dann fühlte sie seine Hand in ihrer, drückte sie kurz und für alle, die im Lokal waren, bestimmt unbemerkt an ihre Wange.

»Grüß dich«, sagte sie leise und sehr glücklich, trotz allem. Oh, sie liebte ihn, immer wieder fühlte sie es deutlich. War nicht alles andere Nebensache?

Aber schon als er sich setzte, merkte sie, daß etwas nicht in Ordnung war, und erschrak. Peer mußte man vorsichtig behandeln, vor allem nie mit der Tür ins Haus fallen. Er schien abgelenkt und mit irgend etwas beschäftigt. So tat sie erst einmal, als sei gar nichts Besonderes los – ein Aufschub, auch gut! – und fragte lieber, was denn los sei. Ob ihn etwas bedrücke. Zu ihrer nun doch ziemlich großen Verblüffung sagte er rundheraus: »Ja.«

»Ja, schon lange. Schon länger jedenfalls. Maike, ich komm mit meiner Doktorarbeit nicht klar. Ich hab' es wahrhaftig von allen Seiten versucht, heranzukommen, aber es wird nichts. Die anderen haben mich gewarnt, als ich dies Thema übernahm – aber was wissen die andern! Doch sie hatten recht. Die Krönung der schottischen Könige – da haben sich angeblich schon mehrere vergeblich die Zähne daran ausgebissen. Ich wollte es nun gerade können, wie man so ist zu Anfang. Aber jetzt habe ich also noch mal mit meinem Doktorvater gesprochen. Heute.«

»Und?« fragte Maike gespannt.

»Er hat mir recht gegeben. Ich soll es lassen. Ist natürlich ewig schade um die viele, viele Arbeit bis jetzt, und länger dauern wird es nun natürlich auch, bis ich fertig bin. Aber warum denn nicht – Staatsexamen hab' ich, mag es ruhig noch dauern, umsonst war die Schufterei insofern nicht, als ich den Stoff immer im Unterricht verwerten kann. Nur – von vorn anfangen muß ich nun, das ist klar. Ich werde wohl einen englischen Schriftsteller aus dem zwölften Jahrhundert nehmen, sehr interessant, freilich viel Vorarbeit. Zunächst muß ich vier Bücher mit ungefähr vierhundert Seiten aus dem Lateinischen übersetzen, aber das schadet mir gar nichts, immer los. Und dieser Mann interessiert mich wirklich...«

Peer war ins Sprechen gekommen, und Maike unterbrach ihn nicht. Zunächst wider Willen, später ehrlich interessiert, hörte sie ihm zu, fragte hin und wieder etwas, horchte wieder. Sie, der das Studium so wichtig war, verstand, wie sehr Peer dies beschäftigte. Peer schien es zu merken und taute richtig auf. Er war sonst stiller und mit seinen Angelegenheiten zurückhaltender als sie, der es leicht fiel, aus sich herauszugehen, sobald sie merkte, daß man sie gern mochte.

»Ja, so ist das also«, schloß er endlich, leicht seufzend, »gern fängt man ja nicht noch mal von vorn an. Aber ich tu es. Du findest es also auch richtig?«

»Ja. – Und deinen Schuldienst, wann machst du den?« fragte Maike, sich einen Stoß gebend. Er winkte ab.

»Hat fünf Jahre Zeit. Innerhalb von fünf Jahren nach dem Staatsexamen muß er begonnen sein, mehr nicht. Vielleicht kann man ihn auch noch verschieben, wenn man das mit der zurückgegebenen Doktorarbeit als Grund angibt. Natürlich werden Lehrer gesucht, aber das hier ist ja ein Ausnahmefall.«

»Im Schuldienst würdest du verdienen«, sagte Maike vorsichtig und so leichthin wie möglich. Er nickte eifrig, befangen in seinen Überlegungen.

»Natürlich. Als Referendar nicht allzu viel, aber immerhin, so koste ich ja noch. Aber wir haben doch Zeit...«

»Du, übrigens, ich muß dir was erzählen«, sagte er jetzt lebhaft, lebhafter als sonst, »ich hab' Marlies von Buch getroffen, vorhin. Mit einem Kinderwagen! Hast du Worte? Also, ich war sprachlos. Hattest du sie nicht noch vor kurzer Zeit besucht, ohne was zu ahnen? Sie hat ein Kind. Ich hab' mir's angesehen, wir rannten buchstäblich aufeinander los, ich konnte nicht ausweichen.«

»Wolltest du das denn?« fragte Maike und spürte, wie sich etwas in ihr zusammenzog, ihr die Luft nahm. Was er jetzt wohl sagen würde – bitte, bitte,

Peer, sag nichts gegen Marlies, was auch mich treffen würde. Lieber Gott im Himmel, laß Peer nichts sagen, was ich ein Leben lang nicht vergessen könnte!

»Aber nein – das heißt, in diesem Fall doch. Denn ich kann mir nicht vorstellen, daß es ihr sehr angenehm war, mir zu begegnen.« ›Das geht noch‹, dachte Maike und versuchte, aufzuatmen. »Wußtest du davon? Du hast doch nie was gesagt.«

»Ich durfte nicht.« Maike sprach so schnell, daß er sie nicht unterbrechen konnte. »Ich kam zufällig dazu – ja, es wurde an dem Abend geboren, an dem du so lange auf mich gewartet hast. Ich hätte es dir sicher erzählt, aber ich kam ja erst so spät zurück und du warst fort. Und dann mußte ich so plötzlich nach Hause fahren. Ja, und dann beschwor Marlies mich, niemandem etwas zu verraten, auch dir nicht. Was konnte ich tun?

Das Kind ist von Olav, ich weiß, und Olav ahnt nichts. Es ist verrückt, auch das weiß ich. Sie will ihn in seiner Karriere nicht behindern. Peer, das alles ist so – so – aber sag nichts gegen Muck, Peer, ich bitte dich. Ich weiß, du magst sie nicht sehr...« Peer lächelte ein wenig schief, widersprach aber nicht – »aber du mußt zugeben, daß es sehr tapfer ist. Jedenfalls tapfer gemeint.«

»Das wohl.« Peer betrachtete nachdenklich die Glut seiner Zigarette. »Aber auch unrecht, Olav gegenüber. Falls sie sich nicht endgültig verkracht haben...«

»Das haben sie nicht«, sagte Maike schnell. »Peer, hör mir zu. Ich muß dir etwas sagen. Ich hab' es mir für heute vorgenommen, und wir sind beim Thema. Ich glaube – ich bin genauso dran wie Marlies – wie Marlies vor einem Jahr...« Nun war es gesagt. Sie schloß die Augen und atmete tief. Nein, anzusehen wagte sie ihn nicht. Peer, lieber Peer, bitte, bitte...

Er schwieg. Sie horchte. Schwieg er denn immer noch? Es kam ihr vor wie eine Ewigkeit. Vielleicht waren es nur Sekunden? Unwillkürlich fing sie an zu zählen: einundzwanzig, zweiundzwanzig, dreiundzwanzig, vierundzwanzig...

Vier Sekunden. Sie fühlte seine warme Hand auf ihren beiden, die festgefaltet und ineinandergekrampft auf dem Tisch gelegen hatten.

»Maike«, hörte sie ihn rufen, leise, zaghaft, ein wenig erschrocken, aber doch zärtlich, ach, lieber Gott im Himmel, hab Dank – zärtlich!

»Maike, bist du sicher?« Jetzt schwang ein angstvoller Ton mit, sie hörte es genau.

»Noch nicht – noch nicht ganz. Aber wahrscheinlich. O Peer, was wird nun?« Mit einem Entschluß schlug sie die Augen zu ihm auf und sah in sein Gesicht. Das war seltsam weich, hilflos, wie aufgebrochen – aber nicht erschrocken. Das jedenfalls erkannte sie sofort. Gott sei Dank, Gott sei Dank!

»Dann heiraten wir eben, das ist doch klar. Schließlich wollten wir das sowieso. Dann halt sofort. – Du nimmst mich doch, oder?« lächelte er im nächsten Augenblick. Ihr schossen die Tränen in die Augen vor Glück und Erlösung.

»Da fragst du? Und es wird ein Junge, ganz bestimmt, ich weiß es. Mir ist gar nicht schlecht – o Peer, du bist nicht entsetzt! Auch jetzt nicht, da du doch die Doktorarbeit zurückgibst und von vorn anfängst? Dank dir! Ja, es bleibt dabei! Ich muß ja auch noch Staatsexamen machen.«

»Das – willst du noch?« fragte er. Es klang zögernd und ein wenig vorsichtig. Sie nickte wild.

»Natürlich! Natürlich mach' ich fertig! Das wäre doch gelacht! Was andere können, werde ich wohl auch fertigbringen. Viele haben doch fertiggemacht, obwohl – nun, eben auch mit Familie, wie man so schön sagt. Gottlob ist so was kein Einzelfall mehr, und man muß nicht Eisbrecher spielen. Dazu hab' ich nicht gerade Lust.«

»Nein. Aber ob es gut ist... wenn wir heiraten, wirst du ja später den Beruf auch nicht ausüben, ich meine...«

»Aber fertig muß ich machen! Das ist wichtig, das ist eine Selbstverständlichkeit! Ein angefangenes Studium liegenlassen, das finde ich unverantwortlich«, sagte sie, bemüht, nicht gar zu heftig zu werden. Heftig werden durfte sie nicht, Peer durfte nicht verärgert, nicht aufgebracht werden. Er war nie so sehr begeistert davon gewesen, daß sie Medizin studierte. Jetzt erst wurde ihr das ganz klar, bisher hatte sie es immer weggeschoben, nicht wahrhaben wollen.

»Hm. Und das Kind? Willst du es weggeben? Oder was dachtest du?« fragte er, als sie abbrach.

»Weggeben? Wohin denn?« Sie fühlte ein Entsetzen in sich, das sie nicht voll erklären konnte. Wenn er das verlangte, wenn er sie vor die Wahl stellte: Studium oder Kind...

Gottlob nein. Jedenfalls sagte er es nicht.

»Vielleicht zu deiner Mutter?« fragte er.

Maike schüttelte den Kopf, wild verneinend.

»Unmöglich, nein. Meinem Vater geht es immer noch nicht gut; ja, etwas besser schon, aber noch lange nicht, wie es sollte. Mutter muß ganz für ihn dasein, auch jetzt, nach seiner Kur. Und überhaupt, bei uns... Nein. Ich kann es doch behalten, warum denn nicht! Uwe und Elisabeth haben doch auch Kinder, sogar zwei, und Elisabeth hat fertiggemacht.«

»Sie war schon mitten im Staatsexamen, als das erste kam«, sagte Peer. »Und wie es dort zuging und zugeht – vielen Dank! Freilich, ich kann schon verstehen, daß du weitermachen willst, wenigstens zunächst, und deine Eltern – ja, was deine Eltern sagen werden, das weiß ich selbstverständlich nicht, das müssen wir abwarten«, schloß er leise. Er klang mutlos, sie hörte es genau.

»Wichtiger ist, was wir beide sagen und denken«, sagte Maike und versuchte, sich mit ihren eigenen Worten Mut zu machen. »Peer, wenn wir beide zusammenhalten, kann uns doch nichts passieren. Das ist die große Hauptsache, finde ich. Und heutzutage muß jedes Mädel irgendwas können, einen Abschluß haben, einen Beruf. Und meine Eltern haben bis jetzt mein Studium bezahlt, viel Stipendien hab' ich nicht bekommen. Das kann ich doch nicht nun alles hinwerfen.«

Sie sprach noch weiter. Peer sagte nicht viel dazu. Schließlich zahlten sie und gingen. Peer hakte sie unter, und ihr wurde wieder ein wenig getroster zumute, als sie so im Gleichschritt dahinmarschierten wie viele Male zuvor, dicht aneinandergedrängt, und sie schwieg. Trotzdem lastete ihr das Herz schwer in der Brust.

»Weiß es schon jemand außer mir?« fragte Peer leise, nachdem sie beide lange geschwiegen hatten und nun vor ihrem Haus standen. Maike schüttelte den Kopf. Er nahm ihr den Schlüssel ab und schloß auf, küßte sie auf die Nasenspitze.

»Nacht. Schlaf gut.«

»Du auch.«

›Ich darf nicht enttäuscht sein, daß er weiter nichts sagt‹, versuchte Maike sich einzureden, während sie treppauf stieg. Ihre Füße waren wie Blei. Was hatte sie erwartet? Oben angelangt, schleppte sie sich zum Fenster und beugte sich hinaus.

Gottlob, da stand er noch.

»Tütü!« rief sie leise.

»Tütü!«

Er ging. Maike sah ihm nach, solange sie seine Gestalt noch erkennen konnte. Dann setzte sie sich aufs Bett, in Mantel und Mütze.

Lange saß sie, ohne sich zu rühren. Plötzlich kamen ihr die Tränen, wild wie ein Sturz. Sie warf sich seitlich hin und bohrte den Kopf ins Kissen. ›Ich darf nicht heulen, ich hab' keinen Grund dazu‹, versuchte sie sich zu sagen. Aber es nützte nichts. Sie weinte wilder und wilder.

Niemand hörte sie weinen.

Jedes Ding im Leben hat seinen Preis. Maike Hegerfeld hatte das oft von ihrem Vater gehört. Jetzt erlebte sie es sehr deutlich.

Aus der Hochzeit, von der sie – sonst wäre sie nicht dreiundzwanzig Jahre gewesen – mitunter geträumt hatte, Hochzeit in einem so schönen Elternhaus, das vor vier Jahren fertig geworden und der Stolz der Familie war, mit Einladungen und Aufführungen und Tafelliedern und dem weißen Kleid, das jeder Braut nun einmal so gut steht, daraus wurde selbstverständlich nun nichts. Vaters Gesundheit war immer noch so labil, daß an ein noch so kleines Fest nicht zu denken war, und verschieben wollte man den Termin natürlich auch nicht ins Ungewisse.

Maike sagte zu allem ja. Sie war glücklich und dankbar, daß es keinen »Krach« gegeben hatte. Mutter war natürlich entsetzt und vorwurfsvoll, aber das mußte man ihr selbstverständlich zugestehen. Keine Mutter springt hoch und jubiliert vor Freude, wenn sie hört, daß ihre Tochter »heiraten muß«. Daß sie nicht böse war und bei Vater sogar um gut Wetter bat, war ihr hoch anzurechnen. Maike war heilfroh, als das alles überstanden und Peer sozusagen als Schwiegersohn akzeptiert war. Denn für ihn bedeutete es ja auch kein besonderes Fest, unter solchen Umständen erstmals in ihr Elternhaus zu kommen, zumal er den Doktor ja noch nicht hatte und mit sich selbst gar nicht recht im reinen war, was seine Arbeit anging.

Ja, alles wirkte recht unerfreulich. Die standesamtliche Trauung fand Ende Oktober statt, und an eine Hochzeitsreise war natürlich nicht zu denken. Peer hatte seinen geliebten Wagen sofort verkauft – das wäre, fand Maike, nicht nötig gewesen, eine ganz kleine Reise hätten sie damit wahrhaftig unternehmen können! Aber sie sagte vorsichtshalber lieber nichts. Überhaupt ging sie in diesen Wochen bedrückt und mit eingezogenem Kopf umher und wagte niemandem recht ins Gesicht zu sehen. Ob die Eltern mit Johannes gesprochen hatten, ahnte sie nicht. Sie ging ihm so viel wie möglich aus dem Wege. Ihr älterer Bruder war in Paris, studierte an der Sorbonne und kam zur Hochzeit nicht. Maike bedauerte das, aber in einer Art war sie auch froh darüber. Sie hatte ihren großen Bruder immer sehr geliebt und bewundert und fürchtete sich davor, nun von ihm vielleicht schief angesehen zu werden.

Es tat ihr dann wohl, zu merken, daß Mutter sich alle Mühe gab, ihr Freude zu machen, als der »große Tag« gekommen war. In allen Vasen des Hauses standen bunte Herbstblumen, der Tisch war festlich gedeckt und geschmückt, und Petrus war freundlich und spendierte nach langem Regenwetter etwas Auflockerung. Als sie vom Standesamt kamen, Maike in ihrem Examenskostüm, Peer im dunklen Anzug, öffnete Vater eine Flasche Sekt. Gerade flutete eine milde und blasse Sonne schräg ins Zimmer. Peers Bruder und Maikes noch ziemlich junger Patenonkel, die beiden Trauzeugen, fanden, es sei nun Zeit, das junge Paar hochleben zu lassen, und man kam ein wenig in Feststimmung. Mutter gab sich alle Mühe, freundlich und fröhlich auszusehen, man merkte ihr natürlich an, wie besorgt sie um Vater war. Maike sah die Hände ihrer Mutter, ineinandergekrampft und blaß vor Erregung, als Vater ans Glas klopfte und zu einer kleinen Rede aufstand. Maike verstand kein Wort davon, was er da zu ihr und Peer sagte, sondern mußte nur immer auf Mutters Hände sehen. Nur mit der allergrößten Mühe brachte sie es fertig, nicht wegzulaufen, sich in einen Winkel zu verkriechen und zu schluchzen. ›Ich darf nicht, sie meinen es gut, und ich darf mich auch nicht aufregen, das schadet dem Kind‹, versuchte sie sich zu sagen, und so überstand sie diese Minuten schließlich doch. Nach dem Essen legte sich Vater hin, und die jungen Leute setzten sich auf die Terrasse, während Mutter sich um den Mokka kümmerte. Maikes Spannung ließ ein wenig nach, der Tischwein spendete allen, da sie ihn nicht gewöhnt waren, eine freundliche, ein wenig gleichgültige Müdigkeit, und die Herren rauchten. Johannes, als zur Zeit einziger

Sohn des Hauses, kam mit ein paar Telegrammen dazu und las sie vor. Auch Muck telegrafierte, Maike hatte ihr von allem geschrieben. Es wurde gelacht – endlich! –, und Mutter brachte den Mokka in einem entzückenden kleinen blauweißen Service, das neu und für den jungen Haushalt als Geschenk gedacht war. Maike fand das ganz reizend und brachte es fertig, Mutter um den Hals zu fallen und ein ehrliches »Danke, danke, danke!« zu flüstern, und von da an war es richtig gemütlich im Haus. Der junge Patenonkel setzte sich ans Klavier und intonierte den Brautmarsch aus Lohengrin, und dann ging er zu Liedern über, die alle kannten: von der alten Burschenherrlichkeit bis zum Hamburger Veermaster. Johannes schleppte Bier heran, er schien sein Amt als einziger Schwager sehr ernst zu nehmen und war ausgesprochen freundlich zu Maike, was sie dankbar anerkannte. Sie hatte den Spott und die Mißachtung des halberwachsenen Jungen sehr gefürchtet. Aber er war Kavalier und benahm sich tadellos.

Daß Peer den Eltern gefiel, hatte Maike gleich anfangs gemerkt, obwohl er still war, nicht direkt befangen, auch nicht gehemmt – aber still, wohl mit Willen und Vorbedacht. Als sie einmal zu sehr vornehmen Leuten eingeladen gewesen war und mit Peer darüber sprach, gab er ihr einen »Rat fürs Leben«, bei allen Zusammenkünften, bei denen man nicht wußte, was einen erwartete: »Zieh den Frack an und halt die Gusche.« Auf deutsch: richtig angezogen sein und bescheiden auftreten hat noch überall einen guten Eindruck gemacht. Danach richtete er sich augenscheinlich auch heute und hier.

Schließlich fingen sie an zu tanzen. Als Maike gerade von ihrem neuen Schwager, Peers Bruder, zu einem altmodischen Walzer geführt wurde, sah sie, daß Vater hereingekommen war und sich zu Peer setzte. Die beiden begannen, halblaut miteinander zu sprechen. Von da an wurde ihr ein wenig wohler. Trotzdem sehnte sie den Zeitpunkt heran, an dem Peer und sie abfahren konnten. Endlich war es soweit.

»Ich danke euch. Ich danke euch sehr, sehr«, brachte Maike heraus, als sie Mutter umarmte, bei Vater fand sie kein Wort. Er hatte ihr immer etwas ferngestanden, und sie fühlte einen unverhältnismäßig starken Schmerz darüber, jetzt, da sie von ihm fortging, in ein eigenes Leben. Wieviel hatte sie versäumt! Das Leben vergißt nichts, würde es sie nun damit strafen, daß ihre eigenen Kinder es womöglich mit ihrem Vater, mit Peer, »nicht konnten«?

»Ich schreib' euch. Ich schreib' euch gleich, wenn ich angekommen bin«, murmelte sie und fand selbst, daß dies sinnlos klang. Sie fuhren ja in ihre alte Universitätsstadt wie immer, und nicht auf eine Hochzeitsreise um die Welt.

Nein. Sie fuhren viel weiter. Sie fuhren in das Abenteuer hinein, das ›eigenes Leben‹ heißt. Und das begann bei ihnen nicht unter den günstigsten Umständen.

Peer hatte vorgeschlagen, nicht auf eine ihrer beiderseitigen ›Buden‹ zu ziehen, beide waren sehr klein. So tauschte er seine mit einem Kommilitonen, und auf diese Weise wurde es wirklich ein neuer Anfang und sehr lustig. Der andere Student, ohne Anhang von zu Hause, arbeitete, um Geld zu verdienen, in allen Semesterferien und kam deshalb mit seinem Studium nicht allzu schnell voran; er war also älter als Peer und Maike und ganz der Typ, wie man ihn häufig in dieser kleinen Stadt traf: nicht verkommen, aber doch überhaucht von der Patina älterer Semester. Er hatte einen zweirädrigen Wagen beschafft, einen von denen, die man im Rheinland »Schlagkarren« nennt, und seinen Hausrat in wildem Durcheinander daraufgetürmt. Damit zog er durch die Straße und stand am Morgen nach der Ankunft des jungen Paares vor dem Haus, in dem Peers »Bude« lag, die Pfeife im Mund. Peer, der im Schlafanzug ans Fenster getreten war, als er das Rufen des Freundes endlich auf sich bezog, machte wilde Zeichen: Gib Ruhe, die Teure schläft noch. Aber die Teure war natürlich aufgewacht und stand hinter ihm, und Hannibal, der Lustige, hatte sie längst erspäht und verneigte sich jetzt gravitätisch vor ihr, schwenkte seine Pfeife und schnitt ehrfürchtige Grimassen. Nun hieß es, so schnell wie möglich handeln.

So verging der erste »verheiratete« Tag in fröhlicher Geschäftigkeit, und Maike hatte das erleichternde Gefühl: ›Es wird schon werden. Andere haben es ja auch geschafft. Warum sollen wir es nicht schaffen, eines Tages.‹

Als dann das gemeinsame Wohnungsschild an ihrer Tür prangte, Hannibals Hochzeitsgeschenk, groß wie eine Zigarrenkiste und mit moderner Schrift darauf: peer und maike hansen – da hatte sie einen Augenblick lang ein Gefühl geradezu schwindelnder Seligkeit. Sie gehörten zusammen, für immer, für ein ganzes Leben, ›bis daß der Tod euch scheidet‹, Peer und Maike Hansen. Und niemand, kein Mensch und keine Gewalt der Welt konnte sich jetzt noch zwischen sie stellen.

Freilich, einiges lag doch noch schwer auf ihr. Damit wagte sie sich auch Peer gegenüber noch nicht heraus. In Chirurgie hatte sie bereits famuliert, nach Schluß des Wintersemesters hatte sie eigentlich in Hamburg an der Augenklinik arbeiten wollen. Das würde nun wegfallen müssen, sie konnte von Glück sagen, wenn sie das Semester noch bis zu Ende schaffte. Der Termin ihrer Entbindung lag relativ günstig: Wenn alles gutging, konnte sie im Mai schon wieder in die Universität. Allerdings mußte dann alles, aber auch alles gutgehen, und damit konnte man eigentlich nicht rechnen. Maike machte die Augen zu und versuchte, nach der Sandkorn-Methode zu leben, die Muck ihr einmal angeraten hatte, als sie auch – aus einem viel weniger triftigen Grund – nicht aus noch ein wußte: Laß doch ein Korn nach dem anderen durch die Sanduhr laufen. Schließlich ist alles durch, du wirst es erleben. Manchmal muß man im Leben so handeln.

Muck! Maike fühlte sich mehr und mehr zu ihr hingezogen, und sobald sie ihr Zimmer einigermaßen in Ordnung hatten, fuhr sie zur Buchschen Gärtnerei hinaus. Es nieselte, und der Himmel hing tief, und Maike wagte kaum zu Ende zu denken, was sie wohl erwarten würde. Um so überraschter war sie, als sie ankam. Muck öffnete selbst die Tür, als sie läutete, und fiel ihr lachend um den Hals.

»Kommen Sie rein, Frau Hansen, ich hab' mir gleich gedacht, daß Sie kommen!«

Das Zimmer war warm, ein kleiner Kanonenofen bullerte, und Muck sah hübsch und schlank aus in ihren langen Hosen und dem bunten Pullover. Sie hatte sich das Haar ganz kurz schneiden lassen – »Damit ich nicht so oft zum Friseur muß« –, was ihr ausgezeichnet stand, und einen wachen und vergnügt lebendigen Ausdruck im Gesicht.

»Du bist richtig schön geworden«, sagte Maike bewundernd, »und gemütlich hast du es hier! Aber wo ist...«

»Olav? Wo wird er sein? Im Freien natürlich«, lachte Muck und zog die Freundin mit sich. »Denkst du, ich zieh' ein Kind im Zimmer auf? Dazu war ich zu lange in England. Dort stehen die Babys auch bei Wind und Regen draußen, und widerstandsfähig werden sie dadurch, das hab' ich dort gelernt. Sieh ihn dir an, er hat sich schon mächtig verschönt und sieht beinah aus wie ein Mensch.«

Sie standen nebeneinander vor dem altmodisch

hohen Kinderwagen, den Muck unter das Vordach des Schuppens geschoben hatte, und guckten hinein. Maike betrachtete voller Rührung das Gesicht des schlafenden Kindes.

»Ja, süß sieht er aus«, sagte sie aus tiefster Überzeugung. Dann liefen sie schnell ins Warme zurück.

»Und du? Du hast es also geschafft?« ging Muck sofort in medias res und lachte Maike an, während sie die Kaffeekanne mit heißem Wasser vorwärmte. »Wie ist es denn so, verheiratet zu sein und sich in allem nach dem Herrlichsten von allen richten zu müssen, überall und immer um Erlaubnis zu fragen?«

»Denkste!« sagte Maike und lachte auch. »Daß ich hier bin, ahnt er nicht. Kaum acht Tage verheiratet und schon auf heimlichen Wegen. Aber ich mußte zu dir.«

Muck sah sie an.

»Er wird es dir erzählt haben, daß ich ihn neulich getroffen habe«, sagte sie ernsthaft. »Es war ihm nicht sehr wohl dabei und mir auch nicht, obwohl – ja, allmählich kommt es natürlich sowieso rum, daß ich ein Kind und keinen Mann hab', es läßt sich nicht vermeiden. Und manche schreiben mich dann auch automatisch ab. So ist das, auch heutzutage noch. Daran kannst du nichts ändern.«

»Aber Peer – mit ihm ist es doch nicht so. Versteh doch, Muck«, sagte Maike gequält. »Peer schreibt dich nicht ab, weil du ein Kind hast, er findet nur – nur – nun, er meint halt, es sei falsch, nicht mit Olav zu sprechen, jedenfalls hättest du es wenigstens versuchen sollen. Du hast ihm doch keine einzige Andeutung gemacht...«

»Nein, dann hätte er ja sowieso sofort gewußt, woher der Wind weht. Denkst du, Olav ließe mich sitzen, wenn ich ihm das süße Geheimnis verraten hätte? Nie«, sagte Muck, und es klang so überzeugt, daß Maike es glaubte.

»Eben. Aber...«

»Aber seine Karriere wäre hin, und du weißt doch, oder vielmehr, du weißt nicht – ihr alle wißt nicht, wie ihn das träfe.« Muck schwieg, und auch Maike wagte nichts mehr zu sagen. Nach einer Weile sagte Muck, während sie die Tassen auf den Tisch stellte und die Kaffeekanne herüberholte: »Eines Tages erfährt er es. Laß mal! Dann sehen wir weiter.«

»Hm. Peer sagt...«

»Na?« half Muck, als Maike stockte.

»Peer sagt, er hätte mir das nie verziehen, wenn ich es ihm nicht gesagt hätte. Wir waren da in einem Film, in dem sagt sie es nicht, ich hab' dir davon erzählt. Muck, es gibt Dinge, wichtige Dinge, auch für den Mann lebenswichtige. Ein Kind *ist* wichtig.«

»Wem sagst du das.« Muck rührte nachdenklich in ihrem Kaffee. Denn sah sie Maike an, und Maike fiel auf, wieviel dunkler ihre Augen geworden waren. Nicht mehr hell wie eisfarbener Rittersporn, sondern dunkler, tiefer in der Farbe, eigentlich sehr schön. »Es ist natürlich möglich, daß ich es falsch gemacht habe. Selbstverständlich ist das möglich«, sagte Marlies langsam. »Ich muß es dann eben auf mich nehmen. Ich habe so gehandelt, wie es mir damals, als ich entscheiden mußte, richtig schien. Aus dem damaligen Blickwinkel heraus. Wenn es falsch war, so ist es mein Pech. Ich muß es eben tragen.«

Dagegen war nichts zu sagen, fand Maike. Sie schwieg. Aber sie nahm sich vor, sich dieses Wort von Muck zu merken. Wenn Peer einmal etwas gegen Muck sagte, mußte sie es wiederholen können. Es erschien ihr sehr reif, sozusagen ganz ›erwachsen‹. Sie selbst hatte anders gehandelt, ob richtig, ob nicht richtig?

Es wurde dann noch ein netter und lustiger Nachmittag. Muck erzählte von ihrem Bruder und seinem rührenden Verständnis. »Rauh, aber herzlich ist er«, sagte sie vergnügt, »zu mir jedenfalls, aber wie! Zum Kleinen – na, verliebt ist gar kein Ausdruck! Er bringt sich um, wenn der brüllt, und nennt mich eine Rabenmutter, wenn ich nicht sofort hinstürze und ihn aufnehme. Aber einer muß ja schließlich erziehen, wenn das gute Onkelchen nur *ver*zieht...« Sie lachte. Das Erziehungsobjekt war ja kaum acht Wochen alt.

Maike ging später heim als geplant. Sie ging, das Fahrrad blieb unwiderruflich bei Muck, obwohl die protestierte. Aber der Protest klang schwach. Muck mußte ihre Zeit einteilen.

Es war schon dunkel, als Maike die Stadt erreichte. Sie beeilte sich. Peer sollte nicht fragen, wo sie gewesen sei, sie mochte nicht lügen. Und zu erzählen, daß sie sich bei Muck verschwatzt habe, schien nicht geraten. Während sie dahinhastete, kam ihr zum Bewußtsein, daß sie sich eigentlich merkwürdig getröstet fühlte, obwohl sie Muck kein Wort von ihren Bedenken und Schwierigkeiten erzählt hatte: daß sie nicht mehr laut zu lernen wagte, wenn Peer da war, daß sie dauernd fürchtete, ihn zu stören, sobald sie ihn ansprach, und andererseits das Gefühl hatte, er halte sie für mißlaunig und muffig, wenn sie *nicht* mit ihm sprach. Das waren Anfangsschwierigkeiten einer Zweisamkeit, beruhigte sie sich, mit denen man fertig werden mußte, und Muck, die allein lebte – ihr Bruder hatte ja ein eigenes Zimmer –, konnte ihr da sowieso nicht raten. Außerdem wäre es ihr unzart erschienen, Muck mit solchen Dingen zu kommen. Mit Kleinigkeiten, wenn man es recht besah.

Aber das Leben besteht aus Kleinigkeiten. Es machte Spaß, auf der winzigen Kochplatte, die sie gemeinsam angeschafft hatten, irgendeinen hübschen Leckerbissen für Peer zu zaubern, Rührei mit hineingeschnittener Wurst oder Toast mit Butter. Wo aber wusch man ab, was man hinterher eben abwaschen mußte: Teller und Tassen, Besteck und Frühstücksbrettchen? Damals, als sie Uwe und Elisabeth besucht und deren ziemlich heillose Wirtschaft betrachtet hatte, war ihr wohl nicht im Traum eingefallen, wie schwierig es einmal für sie selbst werden würde. Hier war nicht einmal eine gemeinsame Küche, die man zwar mit vielen teilte, die aber Abwaschtisch und Regale hatte, heißes Wasser und einen Steinfußboden.

Maike versuchte, die getroste Stimmung, in die sie durch Mucks tapfere Selbstverständlichkeit hineingekommen war, so lange aufrechtzuerhalten wie möglich. Dabei war ihr sehr bange. Würde Peer fragen, wo sie gewesen war? Als sie noch nicht verheiratet waren, fragte keiner den andern, wie er seinen Tag verbrachte; sie freuten sich, wenn sie eine gemeinsame Stunde ergatterten, fertig. Jetzt lebte man so hautnah aneinander, daß das Fragen eigentlich unausgesprochen im Raume stand.

Heute aber wurde Maike überrascht. Als sie vorsichtig die Tür öffnete, um zu sehen, ob Peer schon da sei – Licht war nicht gewesen, danach guckte sie natürlich von der Straße aus immer zuerst, aber manchmal legte sich Peer, heimgekommen, sofort für eine Viertelstunde hin – als sie vorsichtig die Tür ein wenig aufschob und ins Dunkle horchte, antwortete ihr ein lustiges »Tütü!« Erleichtert faßte sie nach dem Lichtschalter. Aber ehe sie ihn fand, fühlte sie sich im Dunklen umschlungen und herumgewirbelt, daß sie an Tisch und Stühle aneckte.

»Was ist denn los, Peer, was hast du denn?« fragte sie lachend und atemlos.

»Was Gutes ist los, was Gutes!« lachte Peer und küßte sie ausgiebig, ehe er selbst Licht machte. »Ich hab' den Professor herum! Ich bekomme das Shakespeare-Thema! Was sagst du nun! Das, was ich mir so sehr gewünscht hab' und das er einem andern geben wollte! Der aber reagierte wohl sauer. Oder war nicht begeistert genug. Oder was weiß ich! Nun bekomme ich es, und das macht sehr viel aus. Ich brauche diese Lindwürmer von Lateinbüchern nicht durchzuackern, und auch sonst – du weißt ja, wie gern ich über Shakespeare arbeiten möchte. Nur...«, er hielt inne, und seine Augen bekamen einen fernen, abwesenden Blick. »Eigentlich müßte ich ja nach London, nur kurz, wegen einiger Hamlet-Stellen, die ich dort im Original lesen müßte. Menschenskind, wenn wir doch eine Reise dorthin machen könnten, eine Hochzeitsreise, wenn auch etwas verspätet!«

»Die holen wir schon mal nach«, tröstete Maike ein wenig schüchtern.

»Die Hochzeitsreise – ja, die sicher. Aber nach London müßte ich *jetzt* – oder doch jedenfalls bald...«

»Dann fahr – du allein«, sagte Maike mit einem Entschluß. Es klang trotzdem schwach.

»Meinst du wirklich? Aber billig wird das nicht«, sagte Peer und sah sie unsicher an. »Es wäre bestimmt für meine Arbeit eine sehr wichtige Sache.«

»Hast du nicht noch das Geld von deinem Wagen?« fragte Maike.

»Doch. Ich wollte dir aber davon eigentlich eine Wäscheschleuder kaufen, weil doch unser Zeug immer so schlecht trocknet, und einiges andere für den Haushalt!«

»Ach was, das hat Zeit. Noch flattern keine Windeln bei uns.« Männer dürfen nicht durch Weiberkram gestört werden, dachte Maike heroisch und fuhr tapfer fort: »Ich krieg' das auch so hin. Ich muß unserer neuen Schlummer-Mutter nur abschmeicheln, daß ich die Wäsche auf dem Speicher aufhängen darf. Das setz' ich allmählich schon durch. Und dort zieht es so mordsmäßig, da wird alles trocken.«

»Ja, wenn du meinst? Es wäre für meine Arbeit bestimmt gut.«

»Wie lange wärst du denn dann weg?« fragte Maike nun zaghaft. Peer stand da und überlegte.

»Vier – sechs – acht Tage mit der Reise«, sagte er. »Doch, länger nicht. Sehr lange?«

»Sehr. Acht Tage ohne dich –, aber du fährst, verstanden? Inzwischen bin ich hier entsetzlich fleißig.«

Er war sehr glücklich darüber, daß sie ihm so zuredete; sie merkte es und freute sich darüber. Und sie beschloß sofort: während seiner Abwesenheit würde sie die Bude hier ordentlich »auf Zack« bringen, neue Vorhänge kaufen, die das schlimmste Durcheinander in den Regalen verdeckten, eine helle Tischdecke, ein Stück Resopal unter die Kochplatte. Oft ist nicht viel nötig, um das Gesicht eines Zimmers zu verändern. Und laut lernen würde sie in dieser Woche auch können, das war gut. Sie war von ihrem eigenen Zimmer her gewöhnt, laut zu memorieren.

»Ich glaube, du freust dich, mich loszuwerden«,

sagte Peer auf einmal. Maike erschrak. Sah man ihr all ihre Gedankengänge so deutlich an?

»Natürlich, ich freu' mich *nur*«, sagte sie schnell. »Raus mit dir, du Scheusal – ach Peer, wenn du erst wieder da wärst!« Sie schlang die Arme um seinen Hals und drückte das Gesicht fest an seinen Pullover. Hin wie her, kurz wie lang – es war ihr Peer, ihr Liebster, und das war die große Hauptsache in ihrem Leben. Und eines Tages würden sie durch alle Schwierigkeiten durch sein, er würde seinen Doktor haben und sie auch, sie würden in eine große, sonnige Wohnung ziehen – eines Tages...

Eines Tages geschah erst einmal etwas anderes. Peer war gerade drei Tage fort und Maike hatte, allem Pflichtgefühl zum Hohn, geschwänzt und war dabei, ihr gemeinsames Zimmer von Grund auf zu verschönern, da hörte sie nebenan einen Bums. Sie hielt inne, horchte und wandte sich dann wieder ihrer Tätigkeit zu, Bücher möglichst platzsparend und doch übersichtlich unterzubringen, da klopfte es ein paarmal hintereinander, und nun ließ sie alles stehen und liegen und ging in den Flur hinaus.

»Frau Hoffmann?« rief sie halblaut.

»Ja, hier!«

Und dann fand sie die Bescherung. Ihre Vermieterin, die nicht mehr jung war – im nächsten Jahr wollte sie ihren fünfundsiebzigsten Geburtstag feiern, das hatte sie ihnen gleich beim Einzug verkündet –, war in ihrer noch immer ungebrochenen Tatkraft auf den Tisch gestiegen, um die Lampe abzustauben, und da hatte sie ein plötzlicher Schwindel erfaßt. Sie mußte sich noch festgehalten haben, aber gestürzt war sie zweifellos.

»Mir unbegreiflich, ich war nie schwindlig, mein ganzes Leben lang nicht«, erklärte sie. »Außer, als die Jungen unterwegs waren. Ich verstehe das einfach nicht.«

»Vielleicht ist es wieder an dem?« fragte Maike und half ihr in eine etwas bequemere Lage. Die Alte sah sie an und lachte ein wenig.

»Grünschnabel, junger! Ich wünschte, ich könnte es befürchten. Was Besseres gibt es nicht. – Ja, Sie haben richtig verstanden!« betonte sie, als Maike ein wenig rot wurde. »Jetzt aber helfen Sie mir erst einmal hoch. Mit meinen Gehstelzen stimmt irgendwas nicht.«

Maike war schon dabei. Gottlob war die Alte dünn und leicht, so gelang es ihr, sie in ihren Lehnstuhl zu praktizieren. Da saß sie nun, majestätisch und gelassen trotz der Schmerzen, die sie zweifellos haben mußte, und ordnete in aller Ruhe an, wie Maike das verletzte Bein zu lagern habe.

Gebrochen war nichts, das glaubte Maike beurteilen zu können. Wahrscheinlich eine Verstauchung. Der Knöchel schwoll an, aber der Fuß war zu bewegen, wie sie mit vorsichtig tastenden Händen feststellen konnte. Sie lief in die Küche und holte eine Schüssel mit Wasser, fragte nach essigsaurer Tonerde, die aber nicht im Haus war, und legte erst einmal einen nur nassen, kühlenden Verband auf.

»So, und nun geh' ich los und bring' mit, was nötig ist. Haben Sie irgendwo ein Stück Papier, damit ich notieren kann, was Sie sonst noch brauchen?«

»Papier ja. Aufschreiben auch. Aber vor allem das, was fortgebracht werden muß«, sagte die Alte und lächelte vergnügt. »Ja, ich bin viel unterwegs, weil überall jemand auf mich wartet. Es ist nicht weit, jedenfalls das meiste nicht. Kennen Sie sich hier aus mit den Straßen?«

»Etwas schon.« Maike sah ein wenig zweifelnd auf die alte Dame, die nun zu erklären begann.

»In der Speisekammer im untersten Fach steht ein schwarzer Topf. Das ist die Nudelsuppe für Frau Herbig, die wohnt in der Rosenstraße vierzig. Nicht weit, zweimal um die Ecke. Sie hat eine Thrombose und muß liegen. Die Suppe machen Sie ihr dort ein bißchen warm, ja? Sie wird Ihnen zeigen, wo. Und die gebügelten Hemden bekommt der Ulf Reinhardt, der wohnt ihr grade gegenüber. Sie brauchen sie nur abzugeben, seine Wirtin weiß Bescheid. Und dann gehen Sie zu Frau Stanislaus in der nächsten Querstraße und fragen sie, was sie heute braucht –«

»Halt, halt! So schnell kann ich mir das nicht merken. Einen Augenblick –« Maike schrieb eifrig. »Also die Hemden soll ich Frau Herbig anziehen und dem Ulf die Nudelsuppe bringen ...«

»Ich werd' Ihnen die Flötentöne schon beistreichen!« lachte Frau Hoffmann, »los, los, los! Wenn ich alte Frau mir das alles auswendig merken kann, werden Sie es wohl mit Zettel können!«

Es wurde eine ziemlich lange Liste. Aber Maike konnte Peers Fahrrad nehmen, das er in die Ehe eingebracht hatte. Es stand im Keller. Ein bißchen schwierig war es ja, mit dem Topf Nudelsuppe zurechtzukommen, aber das Problem war zu lösen: man hängte den Topf in ein Einkaufsnetz. Dann wollte sie noch wissen, was Frau Hoffmann für sich brauchte. Es war bezeichnenderweise sehr wenig: außer der essigsauren Tonerde, auf der sie selbst bestand, nur etwas Zwieback, behauptete sie. Und dann zog Maike los.

Als sie das beladene Fahrrad aus der Haustür schob, nieselte es noch und sah eigentlich recht novembermäßig-ungemütlich aus, aber schon, als sie bei der ersten Kundin von Frau Hoffmann die Suppe wärmte, erschien ihr die Welt viel heller. Sie ertappte sich selbst dabei, daß sie pfiff – das tat sie eigentlich nur, wenn sie sehr guter Laune war.

»So, nun ist alles erledigt, nun kommt Ihr Bein dran«, sagte sie vergnügt, als sie gegen elf zurückkam. Die alte Dame saß noch immer in ihrem Stuhl, das Bein hochgelegt, und sah ihr freundlich entgegen.

»Wie gut, eine Ärztin im Haus zu haben«, lächelte sie, was ihr altes Gesicht unwahrscheinlich verschönte. Maike hockte sich vor sie hin und nahm den Verband ab, legte einen neuen an.

»Ich bin doch noch nicht Ärztin, noch lange nicht!« sagte sie ein wenig geniert. Die Alte klopfte ihr auf die Schulter.

»Heute noch nicht. Aber eines Tages.«

Daß sie grade das sagte...

Es wurde ein sehr kalter Winter, sogar hier in diesem Städtchen, das so geschützt an den Berg gekuschelt lag. Hübsch sah es ja aus, wie die kleinen engen Straßen beschneit waren, die krummen Dächer Mützchen trugen und alles so weihnachtlich festlich und sauber blieb. Aber es erschwerte das Leben sehr. Peer arbeitete vorwiegend zu Hause, und da mußte man sich um den Ofen kümmern, der ein launisches Ungeheuer war. Eine Öfin, wie Peter behauptete. Kein Mann könne so entsetzlich hysterisch sein. Maike ärgerte sich; Hysterie sei eine Krankheit und kein dummes Getue faulenzender Weiber, wie es Ansicht aller Laien sei, brummte sie. Peer grinste.

Maike war die meiste Zeit in der Klinik, und dort hatte man es warm. Sie war froh, weiße Kittel tragen zu können, die viel verbargen – sie hatte einfach keine Zeit, sich jetzt etwas zu schneidern, und hoffte, Mutter würde ihr Weihnachten ein einigermaßen hübsches Kleid spendieren, es gab ja jetzt sehr kleidsame Storchmoden. Etwas davon zu sagen oder zu schreiben, hatte sie nicht gewagt; es war ihr zu peinlich, obwohl sie sich selbst dumm und albern fand. Ebenso hatte sie sich sehr geschämt, als sie einmal bei einer Visite umgefallen war, oder doch beinahe. Der Stationsarzt hatte einen Fall von Gelbsucht vorgeführt, und Maike durfte die Leber abtasten. Der Patient roch so merkwürdig süßlich, sie konnte diesen Geruch nicht ertragen. Mit aller nur aufzubringenden Selbstbeherrschung und angehaltenem Atem fühlte sie, tastete – und merkte plötzlich, daß alles um sie her verschwamm. Die Stimme des Oberarztes klang ganz fern, und ›dong – dong – dong‹ machte es in ihren Ohren, laut wie die Glokken der Elisabeth-Kirche.

»Hallo, hallo, wieder da?« hörte sie dann, lauthallend, und wunderte sich, warum man sie denn so anschrie. Sie lag auf dem Untersuchungsbett, und jemand fuhr ihr mit einem nach Eau de Cologne riechenden Tuch über Stirn und Schläfen.

»Danke, ja. Was ist denn?« fragte sie, noch benommen. Ein junges, freundliches Mannesgesicht mit dunkler Brille beugte sich über sie. Sie erkannte einen der beiden Medizinal-Praktikanten, die bei der Visite mitgegangen waren.

»Gar nichts weiter. Wir lassen ihn ruhig schimpfen«, lächelte er. Maike versuchte, sich aufzusetzen.

»Wer schimpft?«

»Der Chef. Er hört auch wieder auf. Er kann es nun mal nicht leiden, wenn Graviditäten mit Visite machen.«

»Ach so.« Maike ließ sich wieder nach hinten sinken und schloß die Augen.

»Bin ich umgefallen?«

»Beinah. Ich hatte die Ehre, Sie aufzufangen.«

»Danke.«

»Keine Ursache. Es war mir ein Vergnügen.«

»Mir nicht. Das heißt – Entschuldigung, so war es nicht gemeint. Ich brauche aber den Schein ...«

»Kriegen Sie auch. Kriegen wir alle. Deshalb zokkeln wir ja hinter dem alten Brummbären her. Machen Sie sich ein bißchen hübsch – ich meine: noch hübscher als sowieso –, wenn Sie den Schein holen, und lächeln Sie ihn an, dagegen ist er machtlos. Dann verzeiht er Ihnen auch den heutigen ›Fall‹.«

»Ach ja. Ja, natürlich muß ich hin.« Maike blieb noch ein bißchen liegen, die Augen geschlossen. Der junge Kollege streichelte ihre Hand.

»Keine Sorgen machen. Ans Baby denken. Wie soll es denn heißen?«

»Kay. Ist doch ein hübscher Name, und noch nicht so abgebraucht wie Torsten oder Michael. Mein Mann möchte lieber Hans, er meint, das sei der Name der Zukunft. Darauf komme niemand mehr.«

»Nein! Hans nicht, so heiße ich nämlich«, lachte der M. A. »Hans ist ein solcher Allerweltsname, er schmeckt, wie wenn man eine Fensterscheibe ableckt. Da ist Kay schon besser. Und er hat den Vorteil, daß er auch zu einem Mädchen paßt. Ich kenne eine Kay Fischer, der Name ist also für beide Geschlechter zu verwenden.«

»Kay als Mädchenname? Das wußte ich nicht«, sagte Maike und setzte sich auf. »Aber es soll ein Junge werden, wir wünschen uns beide einen. Weil wir so bald – nun, so ganz schnell können wir uns kein zweites leisten, wissen Sie. Wir sind beide noch nicht fertig.«

»Herrjeh, wir auch nicht«, sagte der junge Mann vergnügt. »Und wir haben auch schon eins. Ja, ein Vierteljahr alt, das heißt: vierzehn Wochen genau. Und hat schon einen Zahn, was sagen Sie nun!« Er strahlte vor Stolz. Maike sah ihn bewundernd an.

»Respekt. Und ohne Schwierigkeiten gekommen?«

»Ganz ohne. Nichts gemerkt. Wer denkt denn das bei dieser goldenen Jugend! Auf einmal klappert es beim Füttern, und der Zahn ist da. Nein, bleiben Sie doch liegen, zur Visite kommen wir doch nicht mehr zurecht. Ist auch besser so, vielleicht vergißt es der Alte dann eher, als wenn Sie jetzt noch aufkreuzen, bleich, aber gefaßt. Darf ich...?« Er hatte eine Packung Zigaretten herausgeholt und sah Maike fragend an.

»Klar, rauchen Sie ruhig. Ich riech' es gern. – Und Ihrer ist auch ein Junge? Und Ihre Frau?«

»Ja, die hat aufgehört. Ich meine, zu studieren. Es ging nicht anders. Eigentlich wollte sie ja fertigmachen, aber... Und sie konnte sogar stillen, heutzutage eine Seltenheit. Kann heute noch. Sie stillt voll, nur Gemüse geben wir zu. Ja, da hab' ich gesagt: Hör auf, ich bin in absehbarer Zeit fertig, und dem Jungen tut's gut, wenn er Muttermilch bekommt. Er soll doch mal tüchtig werden im Lebenskampf, und gerade die allerersten Monate sind ja so wichtig, wird uns immer eingebläut. Da müssen die Kinder in Liebe gewickelt werden, daß es nur so raucht. Ja, dumme Redensart, ich bin eben kein Schöngeist.

Und das tut meine Frau ja nun, die schleckt den Jungen ab, da bleibt für Vatern nichts mehr.« Er lachte. Maike lachte auch.

»Sie sehen eigentlich nicht aus, als stünden Sie, o Jammer, längst in Amors Rumpelkammer«, zitierte sie.

»Steh' ich auch nicht. Man hält sich eben ran. Und wir schlängeln uns halt so durch, irgendwie geht's immer. Zu den Großeltern wollten wir das Kind nicht geben, großelterliche Erziehung – ich weiß nicht recht... Und Kinderkrippe? Alles gut und schön, wo es nicht anders geht. Aber das Mutterauge – und die Mutterhände, an jedem Arm einer...« schloß er pathetisch.

»Spötter!« sagte Maike.

Sie schwiegen eine Weile.

»War Ihre Frau sehr traurig, als sie aufhörte mit dem Studium?« fragte sie dann leise. Sie hatte sich überwinden müssen, das zu fragen. Er schüttelte den Kopf.

»Unter uns gesagt: sie war froh. Sie hatte es dick. Verrücktheit von ihr, überhaupt studieren zu wollen.«

»Wieso?« staunte Maike. Sie konnte sich nur vorstellen, daß man es sich brennend wünschte.

»Ach, sie eignet sich dafür wie die Katz' zum Fiedeln. Jedenfalls für Jura, und ausgerechnet das hatte sie angefangen. Blödsinnig. Meine Frau ist ein bißchen so wie Sie, gesund und frisch – sie möchte am liebsten sieben Kinder. Na, der Anfang ist gemacht.«

»Ich bin anders. Ich möchte nicht aufhören«, sagte Maike leise, aber verbissen. »Ich will weitermachen, fertigmachen auf jeden Fall.«

»Ja, Medizin, das kann ich verstehen«, sagte der junge Mann gleichmütig freundlich und drückte die Kippe seiner Zigarette aus. »Da würde ich auch nicht aufgeben. Medizin! Aber Jura, für eine Frau! Sollte sie wirklich Strafverteidigerin werden oder Staatsanwältin in Robe und Barett, und die Kinder kriege ich? Danke verbindlichst.«

Maike mußte lachen. Sie setzte sich auf.

»Mir geht's schon wieder, danke. Nein, ich kipp' nicht noch mal um. Ist das Ihrer Frau auch passiert?«

»Nie. Die steht auf ihren zwei Beinen – da kann kommen, was will. Sie hat auch sehr leicht entbunden. Also, es wäre wirklich ewig schade, wenn solche Frauen nicht Kinder bekämen, mehrere, nicht bloß eins. Immerhin, ich kann verstehen, daß Sie fertigmachen wollen. Und Ihr Mann?«

»Der arbeitet an seinem Doktor.«

»Sonst fertig?«

»Ja.«

»Na also, was kann denn da noch groß passieren! Übrigens, wenn ich Ihnen raten soll, gehen Sie zum Alten nicht wieder rein. Jetzt hat er's doch gemerkt.«

»Ja? Schade. Ich halt' ihn für ausgezeichnet, vor allem diagnostisch.«

»Ist er auch, unbestritten. Überm Durchschnitt. Aber das ist auch alles.«

»Das ist schon eine ganze Menge.« Maike schwieg eine Weile. »Sie meinen also...«

»Es wäre ganz einfach nicht klug. Sie machen eben von nun an die Visiten von Frau Dr. Kulmbach mit. Auch nicht schlecht. Aber sagen Sie sich vorher bei ihr an und sagen Sie ihr ruhig, weshalb. Na, sie merkt es ja doch.«

»Sieht man es mir wirklich schon an, auch im weißen Mantel?« fragte Maike bedrückt. Er nickte.

»Klar. Und ob. Ich jedenfalls. Na, dies alles gehört ja nun zu den kleinen Unbilden des Lebens, die vergehen. In einem halben Jahr sind Sie wieder so schlank, daß Sie sich mit der großen Zehe am Kopf kratzen können. Bis dahin also...« Er winkte ihr zu und ging aus dem Raum. Maike rutschte vom Untersuchungsbett und trat vor den Spiegel.

»Aussehen wie Braunbier und Spucke«, stellte sie fest, »aber er hat recht; ça passe, ça passe. Also von jetzt an Visiten mit Frau Dr. Kulmbach. Vielleicht gar nicht so dumm. Wer sagte doch noch von ihr, sie solle so gut sein? Und lernen kann man überall...«

Ein paar Tage darauf erlebte Maike einen Verkehrsunfall aus nächster Nähe mit. Sie wollte in die Uni, hatte das Fahrrad mit, es nieselte, und die Straßen waren glatt. Wie immer zu Beginn der feuchten Jahreszeit, hatten sich die Autofahrer noch nicht recht darauf eingestellt. Maike war glücklich dran, sie befand sich rechts auf der Fahrbahn und sah von weitem, daß die Ampel sogleich rot werden würde. So sprang sie ab, gleich darauf geschah es. Ein Motorradfahrer hatte einen vor ihm fahrenden Lastwagen überholt, dessen Geschwindigkeit jedoch unterschätzt und wollte wieder nach rechts, glitschte und stürzte. Die schwere Maschine rutschte und kam unter den Laster, der nur langsam bremsen konnte, während der Mann zum Glück so fiel, daß die Riesenräder des Lastwagens ihn nicht zermalmten, ein links halb neben, halb hinter ihm herankommender Pkw ihn aber mit der Stoßstange fing und ein Stück schleifte. Da auch dieser Fahrer, die Ampel im Blick, bereits gebremst hatte, war seine Geschwindigkeit nicht mehr sehr groß. Er stand nach wenigen Metern.

Trotzdem sah es übel aus. Der Gestürzte blutete stark, und die Straße, die bis vor wenigen Sekunden das Bild eines normal sich abwickelnden Verkehrs gezeigt hatte, glich jetzt einem Chaos von bremsenden Wagen und heranströmenden Menschen. Maike fand sich mitten drin und konnte kaum ihr Fahrrad abstellen.

Zum Glück kam schnell die Polizei und sperrte ab. Jemand rief nach Erster Hilfe, und Maike fühlte, wie ihr ein Verbandspäckchen in die Hand gedrückt wurde. Sie mußte irgend etwas Entsprechendes gesagt haben. Der Verunglückte hatte eine Platzwunde am Hinterkopf, wie sie sofort gesehen hatte. Sie kam erst richtig zur Besinnung, als der Verband fertig angelegt war und sie aufstand. Gleich darauf erschien mit ›Tatü tata‹ der Krankenwagen, und der

Verletzte wurde auf die Bahre gelegt und hineingehoben.

Das Motorrad lag noch da, zerquetscht und verbogen, und die Polizei suchte Zeugen und wandte sich, da das Interesse des Publikums mit dem Abtransport des Verletzten schlagartig nachließ, an Maike und bat sie um eine Zeugenaussage, die sie im Augenblick nicht verweigern mochte. Nun dauerte es noch mehr als eine Viertelstunde, und sie sah mit einem Blick auf die Uhr, daß sie die Vorlesung nicht mehr erreichen konnte. Teufel, mußte ihr das passieren! Im selben Augenblick wurde ihr auch klar, daß sie keinerlei Übelkeit oder Schwäche gefühlt hatte. Wie beruhigend! So stand sie doch auf festeren Füßen, als sie nach ihrem neulichen Versagen, wie sie es bei sich selbst beschämt nannte, gedacht hatte.

»Also bist du das wirklich, ich hab' die ganze Zeit überlegt!« hörte sie eine Stimme hinter sich – sie drehte sich um. Walter Erling, ein Freund ihres älteren Bruders, früher gut bekannt, jetzt seit Jahren in die Vergessenheit zurückgesunken; aber ziemlich unverändert, fand sie. Jedenfalls erkannte sie ihn sofort.

»Ja, ich bin's«, sagte sie, aus ihrer Erleichterung über ihr Durchhalten bei dem Unfall heraus vergnügter, als man erwarten konnte, und lachte ihn an. »Und du? Wie kommst du hierher?«

Sein Wagen stand am Bordstein.

»Komm mit, auf den Schreck müssen wir eine rauchen«, forderte er sie auf. Sie zeigte auf ihr Fahrrad und schüttelte den Kopf, aber die Aussicht, jetzt in den Wagen steigen und ausruhen zu können, war doch verlockend. Sie wechselten ein paar Worte, und Walter versorgte das Rad, schob es in einen Ständer vor einem Geschäft und schloß es ab.

»Ich bring' dich dann wieder her, nun komm erst einmal, du warst wirklich tüchtig.«

Maike folgte. Er fuhr an. Es war ein teurer Wagen, Maike kannte den Typ von außen, war aber noch nie in einem solchen gefahren. Sie sagte das. Er lachte.

»Ja, ich bin arriviert. Jeder ist seines Glückes Schmied, stand in unserm Lesebuch, womit wir nicht viel anfangen konnten, denn einen Schmied hatte aus unserer Klasse noch keiner je gesehen. – Aber der Wagen ist kein Maßstab, denk nicht, daß ich das meine«, setzte er sogleich in anderem Tonfall hinzu, »wie du dich da eben benommen hast, von Anfang bis Ende, sachlich, vernünftig und patent, das ist viel eher einer.«

»Aber wieso denn, es ist eben mein Beruf«, sagte Maike geniert, aber doch geschmeichelt. Wenn er wüßte, daß ich eigentlich ein volles Recht darauf gehabt hätte, umzufallen, und es nicht wahrnahm, dachte sie – und: ein Glück, daß ich den weiten Anorak trage. Ansehen kann man mir in dieser Verpackung doch wohl nichts.

»Ja, ich weiß, du bist Ärztin oder wirst es jedenfalls«, verbesserte er sich auf ihren Protest hin sogleich, »aber es gibt wohl auch da solche und solche. Jedenfalls gefiel mir sehr, wie du zugepackt hast und nachher aussagtest, das ganz besonders. Du hast dich nicht irremachen lassen, als sie dir einreden wollten, der Lastwagenfahrer …«

Er rollte die ganze Sache noch einmal auf und wurde richtig eifrig. Maike saß angelehnt in dem bequemen und warmen Wagen, hörte ihm zu und fühlte die Abspannung nun doch, aber eigentlich nur angenehm, so unter dem Motto: ›Das hätte man geschafft.‹

»Wohin fährst du mich eigentlich?« fragte sie nach einer Weile. Er lachte.

»Zu mir. Zu uns. Ich bin verheiratet.« Es klang spitzbübisch-vergnügt. Sie tat ihm den Gefallen und staunte, ohne zu verraten, daß auch ihr diese, wie er zu finden schien, großartige Würde zukam.

»Ja, ich habe hier mein Glück gemacht, eigentlich ganz anders als vorauszusehen war«, erzählte er. »Ich war zum Studium hier, aber es wurde nichts Richtiges daraus, erst Jura und dann ein bißchen Volks- und Betriebswirtschaft. Nein, es lag mir nicht, gar nicht. Und dann kam Gott Amor angeflügelt und piekte mir seinen Pfeil ins Herz.«

»Und?« fragte Maike, nun doch interessiert.

»Ja, es war ein Fabrikantentöchterlein, der Vater, rührend reich – so was mag ich ja –, Möbelfabrik, du kennst den Namen sicher, Hauptwerk in Gießen. Da ich fand, daß meine Eignung für einen akademischen Beruf nicht übertrieben groß ist, sattelte ich um und fing in Schwiegervaters Fabrik an, von der Pike auf zu dienen. Allerdings mit dem Verlobungsring am Finger und der Anzeige in der Zeitung, groß und breit. Als eifrige Zeitungsleserin kannst du sie eigentlich nicht übersehen haben.«

»Doch. Leider. Ich hatte keine Ahnung«, lachte Maike.

»Siehst du, die wichtigsten Nachrichten der Presse entgehen dir. Nun, es ist schon einige Zeit her, unendlich lange, kommt mir manchmal vor. Ich bin längst Jungchef und habe alles zu tun, was Schwiegerväterchen anordnet.«

»Ganz so wird es wohl nicht sein«, sagte Maike und fühlte, daß es das Richtige war, dies zu sagen. Er lächelte dankbar.

»Nein, nicht ganz, du hast recht. Ein bißchen verstehe ich ja nun auch schon von dem Laden, ich habe nicht umsonst alle Ressorts durchgemacht und war auch ein bißchen im Ausland, um mich zu orientieren und um vergleichen zu können. Außerdem hat Schwiegervater dies alles aufgebaut, so soll es ihm unbenommen sein, die Zügel weiter zu führen.«

»Und deine Frau?«

»Ja, *ich* finde sie reizend«, lachte Walter. »Daß sie ein Goldfisch ist und kein Gänseliesel, macht sie in meinen Augen kein bißchen weniger reizend. – Sie ist wirklich sehr nett«, sagte er dann ernsthafter. »Du wirst sie ja sehen. Du hast doch Zeit?«

»Eigentlich überhaupt nicht«, gestand Maike. »Wenn ich schon die eine Vorlesung verpaßt habe, so müßte ich...«

»Sei lieb und schwänze die nächste auch«, bat er

herzlich-dringlich, »es ist so hübsch, jemanden von früher da zu haben. Was macht dein lieber Bruder – besser: deine lieben Brüder, es waren doch mehrere? Ich kannte zwar nur einen und dich von weitem, aber was glaubst du, wie ich dich damals insgeheim anschwärmte!«

»Kein Wort von wahr, meine Herren!« zitierte Maike, aber es tat ihr doch wohl. Sie hielten in einer schönen, stillen Straße ganz draußen an der Peripherie der Stadt, und Maike sah neugierig das Haus an. Es war neu, vielleicht vor zehn Jahren gebaut, und lag in einem schönen, gepflegten Garten, der gerade so weit gewachsen war, daß er einen fertigen Rahmen bildete mit Hängeweide und Blutbuche und Hecke, gedecktem Sitzplatz vor dem großen Glasfenster und geschmackvoller Vogeltränke. Walter half ihr aus dem Wagen und führte sie ins Haus.

»Wir wohnen oben, die Eltern unten«, erklärte er gedämpft. »Ablegen willst du nicht? Es ist aber warm im Zimmer.«

»Danke, nein, ich habe wirklich wenig Zeit...« ›Hoffentlich werde ich nicht rot‹, dachte Maike ärgerlich.

Er öffnete ihr die Tür zu einem sehr schön angelegten Raum, schob sie hinein und versprach, sogleich wieder zu erscheinen. Sie ging über den dikken Teppich hin ans Fenster. Der Blick war wunderbar, geschickt eingefangen und – sie sah das sofort – nicht zuzubauen. Selbst an einem Tag wie dem heutigen tat es wohl, hier hinauszusehen.

›So ist es also, wenn man arriviert ist‹, dachte sie, während sie wartete. Allein dieser Raum – ›Glück ist eine Raumfrage‹, zirpte es in ihr, ganz leise, aber sehr vernehmbar. Freilich, hier glücklich zu sein, schien ihr keine Kunst. Da war Walter schon wieder.

»Komm, setz dich hierher. Nein, nimm diesen Stuhl!« bat er mit dem Eifer eines Schuljungen, der seine neue Weihnachtseisenbahn vorführt. »Ich koche uns jetzt einen Kaffee, du magst doch einen bei dem Schudderwetter? Ich würde dir einen Whisky anbieten, aber du mußt ja nachher wieder fahren.«

»Mit einem PS – oder nicht mal. Mit einem MS, Strampelmotor«, lachte Maike. Es war am besten, man gab sich auf diese Art. Er ging bereitwillig darauf ein.

»Ja, unabhängig von jeder Tankstelle, von jeher das Beste. Siehst du, das ist also mein Ressort«, erklärte er, während er die blinkende Kaffeemaschine auf den Tisch setzte. »Nach dem Essen oder bei Verhandlungen mache ich den Kaffee, und so bald kann das keiner wie ich. Es ist ein ganz neuer Typ, diese Maschine« – er schilderte, daß der Kaffee, statt mit neunzig Grad aufgebrüht, mit hundertvierzig gepreßt werde. Das Ergebnis war entsprechend, und Maike lobte nach Kräften. Das Lob war ehrlich; ihr Kaffee, mit dem sie sich allmorgendlich hochzureißen versuchte, konnte dagegen nur als klägliches Getränk bezeichnet werden. Er lächelte sie an. Dann ging er hinaus, kam aber betrübt wieder.

»Ilse schläft – ich hätte sie dir gern vorgestellt. Wir müssen ein bißchen leise sein. – Aber die Wohnung sollst du noch sehen, komm, wir schleichen einmal ringsherum. Dies hier ist mein Zimmer, eigentlich die Bibliothek, aber ich nenne es immer mein Zimmer. Einen Winkel für sich muß der Hausherr haben. Und hier das Eßzimmer mit der Schrankwand zur Küche, ja, das hat sich Ilse ausdrücklich gewünscht, weil sie ja nur zweimal die Woche eine Hilfe hat, bisher jedenfalls. Siehst du, die Schiebetüren gehen hier auf und da – also, es spart wirklich eine Menge unnützer Handgriffe. Und Hausfrauen haben ja wirklich den anstrengendsten Beruf und werden im Grunde nie fertig. Hier ist die Küche, möchtest du sie sehen?«

»Ja, bitte.«

Maike bewunderte und lobte. Alles war wirklich märchenhaft: elektrischer Herd mit Glasfenster, Spül- und Waschmaschine, alles war da. Dann kam noch ein breiter, gedeckter Balkon, den sie durchs Fenster bewunderte, ein schönes Bad...

»Und hier ist das Schlafzimmer, nein, das bekommst du nicht zu sehen. Leise – so, nun trinken wir noch einen Kaffee, und dann fahr' ich dich zurück. Wann mußt du denn spätestens dort sein? Ich bring' dich gleich an die Uni, das Fahrrad holst du auf dem Rückweg. Bitte, Maike, tu einem alten Freund den Gefallen! Du kannst so hübsch lachen, immer schon, übrigens; ich weiß das noch genau, und ich lache so gern mit jemandem.«

›Meint er damit, daß hier keiner so recht mit ihm lacht?‹ dachte Maike und ärgerte sich gleichzeitig über sich selbst. Es war häßlich, sich vorzustellen, daß Walters Ehe nicht ganz so herrlich und großartig und wundervoll war wie der Wagen und das Haus und die Wohnung – warum denn! Er hatte die Frau bekommen, in die er sich verliebt hatte, und alles andere dazu. Mußte man da sofort argwöhnen, daß die Frau nun langweilig oder spießig und der Schwiegervater despotisch und tyrannisch sein müßte? Jeder ist erst einmal Jungchef, wenn er in ein Werk einheiratet, trotzdem konnte doch alles gut und in Ordnung sein.

»Du darfst nichts Falsches denken, weil ich Ilse nicht geweckt habe«, sagte Walter, kurz ehe sie sich trennten. Er schien eine Weile an diesem Satz herumgekaut zu haben. »Wir sind sehr froh, wenn sie schläft...«

›Jetzt soll ich fragen‹, merkte Maike.

»Geht es ihr nicht gut?« sagte sie also.

»Doch, eigentlich – aber Vater hält alle Hände über sie. Und es ist ja auch eine große Sache für so ein zartes Geschöpf, das nie mit irgendeiner Härte in Berührung gekommen ist, den Erben einer so nahrhaften Fabrik zu schaffen«, sagte er mit einem Entschluß. »Wir haben sehr lange warten müssen«, setzte er noch hinzu. Maike fühlte, was alles darin lag.

»Es wird schon gutgehen«, sagte sie schnell. Er nickte. Dann sprang er über seinen Schatten, während ein Schimmer seiner früheren Lausbüberei über sein Gesicht blendete: »Wenn es nun ein Mädel wird – oder Zwillingstöchter! Gnade mir!«

Da mußte auch sie lachen.

Sie verabschiedeten sich in Herzlichkeit und mit vielen gegenseitigen Einladungen. Maike lief die Treppe zum Hörsaal hinauf und wußte, daß sie mit Peer niemals zu Erlings gehen würde, jedenfalls noch lange, lange nicht. Sie fand jedoch, daß sie sich wacker gehalten hatte. Und sie verbot sich strikt, weiter solchen dummen Gedanken und Mutmaßungen Raum zu geben wie vorhin. Es war der pure, blasse Neid, wenn man so dachte. Nein, Walter war wirklich nett zu ihr gewesen, und sie gönnte ihm alles, seine Wohnung und seinen Wagen und seine Frau – und einen strammen Stammhalter zur richtigen Zeit. Nur – leicht war es nicht, dies alles so vorexerziert zu bekommen und sich vorzustellen, so ähnlich – in bescheidenem Maße natürlich – hättest du es auch haben können. Wahrhaftig, ganz leicht war das nicht...

Nein, leicht war es nicht, und es wurde noch schwerer. Kurz vor Weihnachten bekam Maike Blutungen, und sie erschrak bis ins Herz. Sie wußte natürlich, was dies bedeuten konnte, nicht mußte, aber konnte. Sofort machte sie sich die entsetzlichsten Vorwürfe. Das Psychische war wichtig – wenn sie nun, statt dankbar zu sein, alle Schwierigkeiten und Sorgen zu schwergenommen hatte? Nahm ihr das

Schicksal womöglich das Kind, um sie zu strafen? »Lieber Gott, laß es mir, ich will auch nie, nie wieder seufzen«, betete sie stumm und angstgeschüttelt. Ihr war, als merke sie jetzt erst, wie teuer ihr dieses Kind war, trotz allem, trotz allem. Sie legte sich sofort hin. Peer lief zum Telefon und rief den Arzt an.

Es war ein überbeanspruchter Praktiker, und er konnte seinen Besuch erst für »später« versprechen. »Liegen, nicht rühren«, befahl er kurz und barsch, »viel mehr kann ich auch nicht sagen, wenn ich komme.« Peer hängte ein, voller Sorge. Das aber durfte er Maike nicht merken lassen. »Na also, er sagt dasselbe wie du«, sagte er, heimkommend, und setzte sich an ihr Bett. »Nun lieg schön still und rühr dich nicht, ich tu alles, was nötig ist.« Er hatte vor dem Fest noch einen Teil seiner Arbeit im Unreinen fertig haben wollen, das gelang dann eben nicht mehr. »Was möchtest du essen?«

»Gar nichts«, sagte Maike, es klang kläglich. Gleich darauf aber nahm sie sich zusammen. »Doch, eine Buttersemmel. Wenn du mir ein frisches Brötchen mit richtiger Butter bringst, das hab' ich ewig nicht gekommen.«

»Dann wärst du himmlisch glücklich, ja?« lächelte Peer. Er kannte die Familiengeschichte: Johannes, der Jüngste im Hegerfeldschen Haus, war schon als Kind ein Diplomat gewesen. Wenn er sich etwas wünschte, dann erschmeichelte er es. »Wenn ich jetzt eine Mark hätte, dann wäre ich himmlisch glücklich«, hatte er einmal gesagt, als ihm seine Mutter fünfzig Pfennig für den Rummelplatz gegeben hatte. Prompt bekam er noch einen Fünfziger dazu.

»Schön! Buttersemmel. Mal keine Margarine«, sagte Peer und notierte. »Und weiter? Und sonst?«

Der Arzt kam am Nachmittag dann doch. Er meinte, ernstlich gefährdet sei das Kind nicht, vierzehn Tage liegen, und die Blutungen hörten von selbst auf. Als Peer ihn hinausbegleitet hatte und zurückkam, fand er seine Frau sehr niedergeschlagen.

»Schlimm?« fragte er. »Schmerzen?«

»Nein.« Maike versuchte, sich zu fangen. »Aber ich hatte mich so gefreut auf zu Hause. Und auf Weihnachten. Bei uns ist Weihnachten so schön...«

»Tja«, sagte Peer. Mehr fiel ihm im Augenblick nicht ein. Maike wartete.

Daß ihm nichts einfiel, fand sie so traurig. Konnte er sie nicht jetzt in den Arm nehmen und sagen: Da sind wir eben miteinander allein, wir zwei – eigentlich wir drei. Dies ist unser erstes gemeinsames Weihnachten, das ist doch auch schön, eigentlich erst recht schön. So hätte er sagen müssen. ›Ich kauf' jetzt einen kleinen Baum, und wir feiern ganz für uns...‹

Aber er sagte »Tja!« und nichts weiter. Maike wandte ihr Gesicht zur Wand. Peer war dumm und dickfellig, ja, das war er. *Sie* hätte gewußt, wie man tröstet!

Nach einer Weile hörte sie, wie er leise das Zimmer verließ. Sie kramte nach einem Taschentuch und wischte sich die Augen. Blöd, daß ihr die Tränen kommen wollten – ach, es war eben Nervosität. Hauptsache, das Kind blieb ihr. Sie sandte noch ein heftiges, kindlich wildes Stoßgebet zum Himmel – »Lieber Gott, laß alles gutgehen, dann will ich auch ganz, ganz vernünftig sein!« und angelte nach dem gynäkologischen Handbuch. Mal sehen, was die schrieben über Blutungen im fünften Monat.

Ganz so deprimierend, wie sie gedacht hatte, klang es nicht. Randblutungen, meist durch Liegen zum Stehen zu bringen, brauchen noch keine Fehlgeburt zu bedeuten – daran wollte sie sich halten. Und tapfer sein und keinen Mucks mehr sagen. Als Peer wiederkam, Butter und ein Brötchen mitbringend – eins! Hätte er nicht wenigstens für sich auch noch eins kaufen können? Sie mußte lachen und war sehr gerührt – da hatte sie sich schon wieder so weit gefangen, daß sie mit ihm reden konnte wie ein erwachsener Mensch.

»Zu Hause sagen wir ab, das ist klar«, sagte sie und brachte es fertig, sogar das verräterische Zucken um die Mundwinkel zu bekämpfen. »Mutter wird schrecklich traurig sein, sie hat sich so gefreut. Aber der Junge ist wichtiger, und sie hat schließlich viele Jahre lang alle ihre Kinder zu Weihnachten daheim gehabt. Und du besorgst einen kleinen Baum und Kerzen.«

»Meinst du?« Er lachte. »Baum und Kerzen hab'

ich schon. Ich wollte beides nur noch nicht hereinbringen, bevor ich wußte, wie du…«

»Wie ich mich benehme? Verlaß dich drauf, es war nur eine kurze Entgleisung, ein Rückfall in die Psyche der Maike Hegerfeld. Jetzt bin ich wieder deine Frau. Und du bist ein ganz, ganz lieber Peer, weil du sofort losgegangen bist und unseren Heiligabend gesichert hast. Aber anrufen mußt du noch, daß wir nicht kommen, möglichst gleich. Vielleicht kommt dann noch ein Schnellpaket. Wenn Mutter es heute sofort aufgibt…« Sie rechnete an den Fingern und lachte, und er lachte auch. Ja, ein Schnellpaket mit Weihnachtsgebäck und ein paar hübschen Kleinigkeiten und dem ersehnten Weihnachtsbuch, das es jedes Jahr gab, konnte bis zum Heiligen Abend schon noch herfinden.

Es wurde ein schönes, stilles Fest in der tiefverschneiten Studentenstadt, anders als alle bisherigen, die Maike erlebt hatte. Sie kannte nur das Kinderweihnachten mit den Brüdern, an dem die Familie bis jetzt festgehalten hatte, mit dem bunt geputzten Baum und herrlich aufgebauten Geschenkplätzen, mit Krippe und Weihnachtskarpfen und vielen Liedern. Jetzt lag sie still und sah in die Kerzen des kleinen Baumes, als Peer sie angezündet hatte, und hielt sein Geschenk in der Hand, das er ihr, ein wenig geniert, zugesteckt hatte: eine kleine Holzplastik, Mutter und Kind, man konnte sie auch als Madonna deuten. Sie war verlegen, aber auch gerührt. Als sie draußen leise Schritte hörte, atmete sie beinah ein bißchen auf. Das war sicher Frau Hoffmann!

»Guck doch mal nach ihr! Ich hab' Kaffee für sie besorgt und zwei Büchsen mit fertigen Gerichten, damit sie sich an den Feiertagen mal eine richtige Mahlzeit gönnt«, sagte sie zu Peer. »Dort drüben liegt es, bunt eingepackt, ja, da. Willst du es ihr bringen?«

Er ging, was sie ihm hoch anrechnete, und brachte, was sie noch mehr erstaunte und sehr rührte, die kleine, bescheidene und fröhliche Person gleich mit.

»Sie trinkt jetzt einen Schluck Wein mit uns«, bestimmte er und war auf einmal gar nicht mehr der verlegene und linkische Peer, den sie aus ihrer jungen Ehe kannte, sondern ein richtiger Hausherr, der Besuch empfängt. So verging der Abend, vor dem sie sich beide uneingestanden ein wenig gebangt hatten, überraschend nett, und beide waren dafür dankbar. Peer schob, als Frau Hoffmann sich verabschiedet hatte, seine Liege an Maikes Couch heran und nahm die Hand seiner jungen Frau in die seine.

»Danke«, sagte sie, und dann weinte sie doch. Peer fragte nichts, sondern streichelte mit dem Daumen nur immerzu über ihren Handrücken, bis er an ihren gleichmäßigen Atemzügen merkte, daß sie eingeschlafen war.

Am zweiten Feiertag klopfte es an die Tür, und als Peer ahnungsvoll »Ja?« rief, wurde sie vorsichtig aufgeschoben, und Maikes Mutter stand da. Erst einmal ging alles unter in einer lautstarken Begrüßung, vielem Geküsse und dem Auspacken von allerhand Wunderdingen. Peer überließ die beiden Frauen einander und versuchte, hinter dem Rücken seiner Schwiegermutter einiges wegzuräumen, was da herumstand und -lag. Es war nicht wenig, denn vorher hatten sie auch Besuch gehabt, einen Kommilitonen von Peer, der Weihnachten auch nicht nach Hause gefahren war, und Bierflaschen und Aschenbecher bildeten ein trauliches Stilleben auf dem einzigen, niedrigen Tisch. Frau Hegerfeld tat taktvoll, als merke sie nichts, und Peer machte seine Sache gut und geschickt. Er deckte das Tischchen mit dem kleinen Kaffeegeschirr, das sie zur Hochzeit bekommen hatten und das noch vollzählig vorhanden war, und brühte einen bärenstarken Trunk, der die Stube mit bitterem Aroma erfüllte und alle Erinnerungen an Bier und Tabak überdeckte. Frau Hegerfeld drehte sich erst um, als alles fertig war, und legte einen kleinen Weihnachtsstollen dazu, den sie zu diesem Zweck mitgebracht hatte. Es wurde dann riesig gemütlich.

»Konntest du denn überhaupt fort?« fragte Maike gerührt. »Was wird denn nun aus deinen drei Männern?«

»Die Jungen sind eingeladen, und Vater hat versprochen, heute den ganzen Tag auf der Couch zu liegen«, sagte Mutter munter. »Vorgekocht habe ich, und wenn ich heute den Halb-ein-Uhr-Zug nehme, kann ich morgen das Frühstück machen.«

»Du willst...«

»Ich muß«, sagte Frau Hegerfeld und lächelte ernsthaft.

Maike nahm ihre Hand und drückte sie an die Wange.

»Danke, daß du trotzdem gekommen bist.«

Am Nachmittag ging Peer dann für eine Weile weg, er behauptete, er müsse frische Luft schnappen. Mutter legte sich auf die zweite Liege, und während sie beide in die Dämmerung guckten, wohlig müde vom Erzählen und Feiern, fielen Frau Hegerfeld die Augen zu. Maike beobachtete es und verhielt sich ganz still. Ihr war klar, daß nicht nur Vater, sondern auch Mutter eine Erholung bitter nötig hatte. Sie schloß die Augen, aber schlafen konnte sie nicht. Ihre Gedanken liefen und liefen.

Später sagte Mutter es doch. Deshalb war sie ja hergekommen. Sie sagte es lieb und gar nicht bevormundend und eigentlich sehr selbstverständlich: Daß es doch wahrhaftig besser und vernünftiger wäre, Maike käme heim, sobald das Kind da sei, oder schon vorher.

»Peer hat doch das Staatsexamen, muß denn der Doktor auch noch sein?« fragte sie ein wenig zaghaft. »Lehrer werden doch so gesucht, er könnte seinen Schuldienst vermutlich Ostern sofort beginnen. Viel verdient man da ja anfangs nicht, aber du könntest doch so lange bei uns bleiben, bis sich alles eingespielt hat.«

»Den Doktor aufstecken? Mutter, das tut er nie«, sagte Maike sofort. »Und ich? Mein Studium? Wo ich euch so viel gekostet hab' – und den Staat wahrhaftig auch! Ich habe doch Stipendien bekommen – und da soll ich ohne Examen aufhören? Mutter...«

»Ich kann das Kind nicht nehmen, so wie es Vater jetzt geht«, sagte Frau Hegerfeld und knetete eine Hand mit der andern. »Ich nähme es mit Wonne, du kannst es glauben. Aber es geht nicht. Ich muß für Vater dasein, wenn wir ihn noch eine Weile behalten wollen. Aber wenn du nach Hause kommst und das Kind selbst versorgst, das geht. Wir haben darüber gesprochen, Vater und ich, noch nicht endgültig, aber immerhin. Unser Haus ist groß genug, daß man beides einigermaßen trennen könnte. Im Sommer kann der Kinderwagen im Garten stehen – gesunde Säuglinge sind ja im ersten Jahr weiter keine Belastung, sofern man Platz hat. Das ewig brüllende Baby gehört wahrhaftig der Vergangenheit an. Nur – allein kann ich es nicht nehmen, verstehst du?«

»Ich will es dir ja gar nicht aufdrängen«, sagte Maike angstvoll, »um Gottes willen, Mutter, nein! Ich will es doch selber versorgen.«

»Hier?« fragte Mutter leise und sah sich ein bißchen im Zimmer um. Maike fühlte, wie ihre Wangen anfingen zu brennen.

»Ja, hier«, sagte sie dann trotzig. »Mutter, ich liege seit acht Tagen, da kann es nicht – ich meine, wenn es so aussieht –. Das bring' ich dann sofort wieder in Ordnung, wenn ich aufstehen kann. Und bekommen will ich es in der Klinik, das ist doch das Einfachste, und es kostet nichts.«

»Hm. Aber dann?«

»Dann sehen wir weiter. Mutter, glaub mir, andere können es auch und müssen es können. Ich kenne da Beispiele... Und Peer ist doch schon weit. Manche heiraten viel eher, in den ersten Semestern schon, und sie müssen sich auch durchbeißen. Bei uns ist es doch abzusehen. Alles geht, wenn das Kind gesund ist, und das darf man doch wohl hoffen bei zwei gesunden Eltern. Die Zeit, in der es kommt, ist übrigens ganz günstig: Ende Februar läuft das Semester aus, und anfangen tut das nächste erst im Mai. Ich kann natürlich nicht famulieren.«

»Wahrhaftig, nein«, sagte die Mutter trocken. »Das fehlte noch! Wann ist denn der genaue Termin?«

»Ende März.«

»Hm. Na schön. Und da willst du weitermachen und das Kind hier behalten? Ja, wie denkst du dir denn das? Ein Kind braucht doch Pflege – und Aufsicht!«

»Frau Hoffmann hat sofort, als sie es merkte, versprochen, daß sie nach ihm sehen will. Wenn man da an andere Vermieterinnen denkt, die einen sofort raussetzen, sobald von Kindern die Rede ist! Da haben wir ungeheures Glück. Ich muß mich eben so einrichten, daß ich alle vier Stunden heimkomme. Mit dem Fahrrad geht das schon, kannst du mir meine alte Klamotte schicken? Das wäre eine große

Hilfe. Danke! Und in der ersten Zeit ist es doch nur gut, wenn ein Baby in Ruhe gelassen wird, da schläft es ja fast immer.«

»Und später?«

»Später sehen wir weiter. Mutter, ich möchte – Mutter, bitte, bitte versteh doch! Ich möchte mein Studium nicht abbrechen, nachdem ich so weit gekommen bin! Bitte, bitte, versetz dich in meine Lage! Vater hat von jeher gesagt, was man angefangen hat, muß man auch zu Ende bringen. Wenigstens bis zum Staatsexamen! Den Doktor – wenn das nicht mehr geht, den will ich dann aufstekken...« Nun war sie doch den Tränen nahe, so verzweifelt sie sich auch dagegen gewehrt hatte. Die Mutter klopfte ihr beruhigend auf die Hand, als sie merkte, daß Maikes Augen feucht waren. Sie sagte nichts zum Trost. Was sie zu sagen hatte, war gesagt. Ihr Herz war schwer.

»Jaja«, murmelte sie leise, immerzu, so, wie sie es getan hatte, als Maike noch klein war und mit einem Kummer zu ihr kam, den man nicht stillen konnte, und man nur tröstlich merken ließ: ›Ich bin da.‹ Maike versuchte zu lächeln, was noch etwas mißriet.

»Nun denkst du, ich bin noch genauso kindisch wie früher«, brachte sie bedrückt heraus. Frau Hegerfeld schüttelte den Kopf.

»Aber wo. Du bist sogar sehr tapfer, und in einer Art, in einer, Maike, kann ich dich sogar verstehen. Ich habe nicht studiert. Ich hätte gern, aber als ich jung war, bedeutete das eine viel stärkere Belastung der Eltern. Aber ich weiß von einer Freundin, Tante Hilde – du kennst sie ja –, wie man an einem Beruf hängen kann. Ob es richtig war, daß sie damals ihren Beruf nicht aufgegeben hat – sie war ja verheiratet und nach vier Jahren kam das Kind – das kann ich nicht beurteilen. Sie hatte ein Modeatelier und konnte den ganzen Tag zu Hause sein. Aber die Tochter – mir hat das kleine Wesen doch manchmal leid getan. Bei Hilde war ja immer so ein Wirbel, und nervös war sie auch. Aber verstanden habe ich es damals, daß sie so an ihrem Beruf hing. Ja, ich kann mir das schon vorstellen, Maike, auch, daß du...«

»Daß ich nicht heimkomme?« unterbrach Maike. »Ich muß doch auch bei Peer bleiben«, fügte sie leise hinzu. »Jetzt von ihm weggehen, mit dem Kind...« Es zuckte schon wieder um ihren Mund.

›Für Peer wäre das im Grunde gar nicht schlecht‹, dachte Frau Hegerfeld. ›Vielleicht käme er dann schneller vorwärts. Auf jeden Fall könnte er ungestörter arbeiten.‹ Sie sagte es aber nicht. Sie sprachen dann von anderen Dingen. Der Abend wurde noch sehr nett. Peer hatte eine Taxe bestellt und brachte seine Schwiegermutter zum Nachtzug. Er dankte ihr ehrlich und herzlich für ihren Besuch.

Peer und Maike Hansens Kind kam drei Wochen vor dem frühesten Termin zur Welt, den man hatte errechnen können. Mitten in der Vorlesung bekam Maike Schmerzen, die sie zunächst überhaupt nicht ernst nahm. Als das Schlußgetrampel einsetzte und der Professor hinaus war, wollte sie aufstehen, aber es zwang sie wieder auf die Bank zurück. Dabei schnitt sie ein Gesicht, daß ihre Nachbarin, eine kluge, schon ältere, dunkelhaarige Studentin, sie sofort unauffällig umfaßte und leise zu ihr sagte:

»Still. Sitzen bleiben. Wir warten, bis alle hinaus sind.«

Maike fügte sich wortlos. Als das Auditorium sich geleert hatte, versuchte sie wieder aufzustehen, es gelang.

»Geht's? Ich geh' mit. Soll ich eine Taxe besorgen oder können Sie laufen?«

»Ich glaube, es geht«, sagte Maike. »Es ist aber noch nicht soweit, ich weiß es genau.«

»Manche Kinder kommen eher. Hoffentlich nicht allzu früh.«

»Nein. In drei Wochen wäre allererster Termin.«

»Na wunderbar. Dann ist es zwar vorwitzig, aber kein Frühchen mehr. Kommen Sie, los!«

Sie erreichten die Klinik ohne Panne, konnten noch ordnungsgemäß zur Aufnahme, und Maike gab der hilfreichen Studentin Peers Anschrift. Alles verlief ausgezeichnet, und in weniger als zwei Stunden war der Sohn geboren, nicht ganz sechs Pfund, also ziemlich klein, aber in allem wohlgebildet und mit einer überaus kräftigen Stimme begabt, deren er sich sofort bediente. Maike hatte nicht einen Augenblick Besinnung und Beherrschung verloren und ohne Laut ausgehalten, immer in der Annahme, es käme noch schlimmer. Sehr überrascht und glückselig, es geschafft zu haben, ließ sie sich dann das kleine Wunder zeigen, und mit einem fast nicht zu ertragenden Glücksgefühl beobachtete sie einige Zeit später, wie Peer sich über seinen Jungen beugte. Die junge Studentin, die sie hergebracht hatte, kam nach einer Weile auch herein und gratulierte, sie hätte nicht fortgehen können, sagte sie, ohne Mutter und Kind gesund und in Ordnung zu wissen. Maike lachte sie gerührt an.

»Es ist doch ganz prima, daß er sich so beeilt hat«, sagte sie zu Peer, als sie wieder allein waren. »Das Semester liegt in den letzten Zügen, da verpass' ich nicht mehr viel, und bis zum Anfang des nächsten bin ich wieder auf Deck. Siehst du, das Schicksal lächelt, es ist mit uns. Wir werden es schon schaffen.«

Am nächsten Tag erschien Frau Hoffmann mit einem Veilchenstrauß und selbst gehäkelten Babyschuhen und am übernächsten Muck. Muck brachte in einer Thermosflasche starken Kaffee mit, weil sie argwöhnte – und aus eigener Erfahrung wußte – Maike bekäme in der Klinik nur sehr gesundheitsfördernde »Edelplempe«, und sie tranken miteinander aus dem abgeschraubten Plastikbecher, während Olav II. artig auf seiner Mutter Schoß saß.

»Er soll noch nicht sitzen, ich weiß«, sagte Muck und betrachtete ihn verliebt, »zu Hause liegt er sowieso noch, und immerzu auf dem Bauch, um was zu sehen. Er reckt sich und hebt sich und linst über den Rand des Wagens – immerzu nur in die Luft starren, das hat er satt. Übrigens legt man jetzt die Babys vom ersten Tag an auf den Bauch, hab' ich gehört, machen sie das hier auch so? Sie können sich dann nicht verschlucken, wenn sie Bäuerchen machen, und bekommen herrliche Hinterköpfe und ganz gerade Rücken.«

»Dann mach' ich das auch so«, sagte Maike sofort. Sie hatte ihren Jungen gerade angelegt und sah zu, wie er trank. »Ja, ich hab' reichlich Nahrung, und er säuft wie ein Alter. Aber mach das mal den Schwestern klar, daß man einen Säugling auf den Bauch legen soll! Die uns hier pflegen, sind Schwarze, fast ausnahmslos. Sehr nette! Die meisten haben schon das Hebammenexamen zu Hause gemacht, manche sogar ihr Arztexamen. Und hier pflegen sie. Aber sprechen tun sie nur ganz gebrochen. Und was auf Sudanesisch ›Bauch‹ heißt, müßten wir erst ergründen.«

»Ach, das bring' ich ihnen schon bei«, versprach Muck. Als dann die schwarze Pflegerin kam, das Kind abzuholen, begann Muck sofort ein lebhaftes Gespräch mit ihr, englisch beginnend und in Gestikulieren endend, über das Maike so lachen mußte, daß sie fast aus dem Bett fiel. Muck aber erreichte, was sie wollte: Die Pflegerin nickte zuletzt heftig und drehte den kleinen Kay herum, daß er mit dem Gesicht nach unten lag und Maike am liebsten hinzugesprungen wäre, um ihn zu retten. Lachend trug die Dunkle ihn davon.

»Ich schon richtig machen!« beruhigte sie, und

Muck versprach, nachher noch einmal nach dem Kind zu sehen.

Sie hatten es sehr gemütlich, bis Maike unruhig wurde; sie fürchtete, Peer könnte noch auf eine Viertelstunde kommen und Muck hier antreffen.

»Geh lieber, junge Väter sind reizbar nach der großen Anstrengung des Kinderkriegens«, sagte sie deshalb ganz offen. Muck verstand das sofort.

»Klar, kann ich verstehen. Ist er also doch noch nicht ausgesöhnt mit dem Makel meines Sohnes«, sagte sie und lachte. Maike hielt ihre Hand.

»Du weißt, daß es nicht so ist. Sondern anders. Peer fühlt sich in männlicher Solidarität mit Olav dem Großen übergangen. Deshalb ist er gekränkt. Je länger es dauert, desto mehr verletzt es ihn – sozusagen in Vertretung von Olav, dem Ahnungslosen!« erklärte sie. Muck nickte.

»Kann ich verstehen. So einen süßen Sohn haben und nichts davon wissen, das muß doch weh tun...« Sie lachte über die Unlogik ihrer Ausdrucksweise und drückte ihren Kleinen stürmisch an sich. Er grunzte behaglich, schien solche Behandlung gewöhnt zu sein. »Aber nun bring' ich es erst recht nicht fertig. Ich war ein Rindvieh und bin es, glaube ich, noch jetzt. So denke ich manchmal. Und dann wieder stelle ich mir vor, daß Olav in Paris ist als Attaché, und wie sehr er sich das immer gewünscht hat. Und dann bin ich mir wieder über meine Zugehörigkeit zur Klasse der Hornochsen nicht mehr ganz klar.«

Muck ließ einen Packen Papierwindeln da.

»Statt Blumen. Benützen und wegwerfen. Für die erste Zeit, in der du zu Hause bist und alles auf einmal machen möchtest«, erklärte sie. »Denk nicht, du schaffst es nicht. Man schafft immer mehr als man je für möglich gehalten hat, wenn man muß.« An dieses weise Wort würde Maike in der nächsten Zeit oft denken, das wußte sie aber noch nicht. Jetzt war sie noch in guter Hut, in der Klinik, in der Zeit eines Interregnums, wie es dem Menschen, wenn er erwachsen wird, seltener und seltener geschenkt wird.

Maike verabschiedete sich von Muck zärtlich und dankbar. »Ich halte zu dir, und wenn Peer sich auf den Kopf stellt!« versprach sie noch. Muck lächelte ihr zu: »Ich weiß.« Dann ging sie. Fünf Minuten später war Peer da. Maike atmete auf: Er war Muck nicht begegnet, wie sie sogleich merkte. Er brachte Grüße von Frau Hoffmann und erzählte stolz, er habe einen Kinderwagen geerbt.

»Von Uwe und Elisabeth. Sie haben sich einen neuen gekauft, einen Zwillingswagen, was sagst du dazu!« berichtete er. »Uwe hat Examen gemacht, jawohl! Es hing an einem Haar und sieben Schweinsborsten, aber er hat bestanden. Er hat, er hat! Himmlische Seligkeit! Und in einem Anflug von seliger Raserei hat er dies Doppelgefährt gekauft, so ein Riesenmöbel, gebraucht natürlich, unter uns gesagt, sehr billig, fast geschenkt. Elisabeth zuliebe, sagt er. Ich habe ihn gleich gefragt, wann denn die Zwillinge erwartet würden. Er hat gelacht. Die schon vorhandenen zwei sollen darin sitzen, weil Elisabeth vor Ungeduld immer ganz zappelig war, wenn sie in Windeseile einkaufen ging und die ›Große‹ mitlaufen sollte und nicht wollte. Daß ein Wagen mit beiden drin auch doppelt so schwer zu schieben ist, vor allem am Schlag dort, wo es bergauf geht, das hat er nicht bedacht. Und Elisabeth brachte es nicht fertig, ihn in seinem Stolz zu kränken, und kurvt nun mit dem Doppelding herum. Mir haben sie den Wagen für zwanzig Mark gelassen. Etwas ramponiert ist er ja, aber bis du nach Hause kommst, hab' ich ihn soweit in Ordnung. Ich will ihn neu streichen, habe aber die richtige Farbe noch nicht bekommen.«

Peer war guter Dinge, er kam mit seiner neuen Doktorarbeit gut voran, wie er sagte. »Interessant ist das – und wie gut, daß ich in London war. Eigentlich müßte ich auch noch mal nach München, da ist ein berühmter Shakespeare-Interpret, wenn ich den mal sprechen könnte, privat –« Er nannte den Namen, und Maike lächelte glücklich.

»Den kennt Vater. Jawohl, bestimmt, er wohnt außerhalb von München und hat drei Kinder. Stimmt das? Na also! Da kannst du bestimmt hin und dich auf Vater berufen – fahr doch jetzt, in der Zeit, wo ich hier liege. Los, was hindert dich? Deine Arbeit ist wichtig!«

»Meinst du?« zögerte Peer. Sie sah ihm an, daß er schon ähnliches gedacht hatte.

»Natürlich, das einzig Richtige! Nimm den

Nachtzug, der geht durch, und du sparst einen Tag!«

»Ich hätte sogar eine Gelegenheit, mit dem Wagen zu fahren«, gestand Peer, »das kostete überhaupt nichts. Da wäre ich allerdings vier Tage weg. Wie lange wirst du noch hierbleiben?«

»Ach, das ist nicht ausschlaggebend.« Maike war sehr vergnügt. »Wenn sie mich hier etwa eher hinauswerfen – mir geht's ja prächtig, und sie brauchen die Betten –, dann komme ich auch ohne deine Hilfe in unser trautes Heim. Frau Hoffmann ist ja auch noch da als Schutzengel. Los, fort mit dir, jeder Sprung vorwärts in deiner Arbeit ist ein Gewinn.«

Sie dachte wirklich so, und Peer folgte nur zu gern ihrem Drängen. So kam es, daß sie tatsächlich allein mit dem Bündel Mensch, wie Muck es nannte, in ihre Wohnung einzog, und das war doch nicht so einfach, wie sie es sich gedacht hatte. Peer war sehr plötzlich aufgebrochen – der Bekannte, mit dem er fahren durfte, hatte den Termin vorverlegt. In der »Bude« sah es aus wie kurz nach dem Türkenkrieg. Maike war darauf nicht gefaßt gewesen, sie hatte ihr Zimmer in Erinnerung, wie es in seinen besten Tagen gewesen war: aufgeräumt, warm und behaglich. Sie legte den Jungen auf die Couch und setzte sich erst mal daneben, benommen und erschöpft vom ersten Aufstehen nach dem Liegen. Keine Frau Hoffmann da, und nicht geheizt! Der Winter war noch einmal zurückgekommen, nachdem man gedacht hatte, nun sei es endlich Frühling.

In einer Art fühlte Maike sich erleichtert, daß sie

allein war. Der Junge brüllte. Kurz entschlossen nahm sie ihn und gab ihm zu trinken, obwohl er noch hätte warten müssen. Wenn man ein einziges Mal inkonsequent handelte, würde man ihn wohl nicht fürs Leben verderben. Als er satt war, legte sie ihn in den »neuen« Wagen und schob ihn in Frau Hoffmanns Küche. Dort wurde er zunächst nicht gestört, und sie konnte ein bißchen aufräumen. Ein bißchen, ja. Zu sehr viel kam sie nicht. Solange sie im Bett gelegen hatte, war sie sich vorgekommen wie ein Riese an Kraft, und jetzt erschöpfte sie schon der dritte Handgriff. Sie trug alles, was Peers Arbeit betreffen konnte, auf einen Stoß zusammen und legte ihn auf Nummer Sicher. Dann begann sie, sonst ein bißchen Ordnung zu machen, aber es war ihr doch recht wacklig zumute, und alle Augenblicke mußte sie sich setzen. Schließlich gab sie nach, legte sich auf die Couch und schloß die Augen. Gleich darauf aber riß sie sich wieder empor: Sie mußte noch mal nach dem Jungen sehen. Wenn er sich verschluckte und erstickte! Die Methode, Kinder auf dem Bauch liegend großzuziehen, war in der Klinik noch nicht üblich, und so hatte sie ihn, wie er es gewöhnt war, auf die Seite gelegt. Jetzt aber trieb sie die Vorstellung hoch, er könne etwas in den Mund bekommen haben, den Ärmel seines Jäckchens oder einen Zipfel von der Windel, die sie ihm unter den Kopf gelegt hatte, weil er immer einmal spuckte.

Nichts war passiert, gottlob. Aber als sie den Wagen ins Zimmer zurückfuhr – sie war sich klar darüber, daß sie bestimmt keine Ruhe haben würde, wenn sie ihn nicht atmen hörte –, wachte er auf, als sie mit dem Kinderwagengriff ans Bücherregal anstieß, und sofort fing er an zu schreien. Ihr brach der Schweiß aus. Himmel, jetzt trompetete er womöglich bis zur nächsten Mahlzeit! Wie sollte sie das aushalten!

Irgendwie kamen Mutter und Sohn an diesem ersten Tag dann doch noch zur Ruhe. Aber Maike fühlte sich zerschlagen wie nach einem Gefecht, als sie am nächsten Morgen aufwachte, und um sie herum sah es so aus, daß sie lieber sofort wieder die Augen zukniff. Völlig am Boden und überzeugt von ihrer eignen Minderwertigkeit, blieb sie liegen und rührte sich nicht, versuchte, sich selbst Mut zuzusprechen. Gleich darauf läutete es. Ein Schreck durchfuhr sie – wer kam jetzt? Peer etwa? Das wäre fürchterlich. Peer durfte nie ahnen, wie elend ihr zumute war. Wenn es Muck wäre!

Es war nicht Muck, sondern Elisabeth. Und ohne Kinder, gottlob und Dank! Maike seufzte erleichtert auf, als die Freundin sie sogleich energisch auf die Couch, von der sie eben aufstehen wollte, zurückdrängte.

»Liegen blieben, und wenn es Bauernjungen hagelt!« gebot sie freundlich-bestimmt. »Ich war gestern in der Klinik, um dir zu gratulieren, und hörte, du seist entlassen. Na, da dachte ich mir mein Teil. Und da habe ich heute morgen dem überglücklichen

Uwe seine Nachkommenschaft aufgehalst – los, hier, tu auch mal was fürs Vaterland! – und bin sofortissimo zur dir geeilt. Nun bin ich hier und bleibe, bis abends, daß du es nur weißt! Ob du mich willst oder nicht. Ich erinnere mich nämlich dunkel aus längst vergangenen Zeiten, wie herrlich erfreulich es ist, aus der Ruhe der Klinik ins rauhe Leben entlassen zu werden und alles können zu müssen, was einem bis dahin von anderer Hand beschert wurde.«

»Ich will dich aber dahaben, je länger, je lieber«, sagte Maike mit einem schwachen Lächeln, »ich bin so froh, daß du da bist, altes Scheusal.«

»Na, das ist doch ein Wort. – Zum Essen hab' ich alles mit, du bekommst ein ordentliches Steak, du brauchst Kraft. Einen elektrischen Kocher hast du wohl? Na, wunderbar. Alles wird sich klären, du sollst sehen.«

»Danke. Ach ja. Ich fühlte mich nur so saumäßig, wie ausgeleert, weißt du. Es ist schon besser«, sagte Maike beschämt. Elisabeth klopfte ihr tröstend auf die Hand.

»Geht uns allen so beim ersten Aufstehen, auf das man sich so ungeduldig freut. Beim zweiten bist du schon froh um jeden Tag, den du liegen darfst, weil du weißt, was dich erwartet. Und nähren kannst du? Davon kommt die Schwäche natürlich auch. Bleib trotzdem dabei, solange es reicht. Wenn es auch schlaucht, du brauchst keine Flaschen zu kochen, und billiger ist es auch. Und wenn der Inhalt der Windeln lila oder froschgrün ist – an der Milch kann's nicht liegen, große Hauptsache. – Du willst fertigmachen, ich meine, bis zur Approbation?«

»Ja. Wenn es irgend geht –.« Das klang recht zaghaft, ganz anders als sonst. Elisabeth hörte es wohl.

»Nach dem, wie du dich am ersten Tag fühlst, kannst du nicht gehen. Jeden Tag wird's besser. Und wenn immer erzählt wird, daß die Bauersfrauen früher am dritten Tag schon wieder in die Heuernte gingen, dann kannst du dir schriftlich geben lassen, daß sie nach dem dritten Kind erledigt waren. Aber das weißt du ja besser als ich, du, als künftige Ärztin. Man darf nur nicht allen Mist glauben, der einem ›von früher‹ erzählt wird. Kümmere dich jetzt um nichts anderes, als daß der Junge genug bekommt. Heute bin ich da, und morgen komm' ich nochmal. Und dann wird wohl der Familienvater selbst wieder auf der Bildfläche erscheinen.«

»Er soll aber noch nicht – er darf nicht merken, wie scheußlich es mir geht!« sagte Maike angstvoll.

»Erstens darf er das ruhig, damit er nämlich zugreift, das schadet keinem Mann. Und zweitens geht es dir dann schon bedeutend besser. Wenn du es auch heute noch nicht glaubst, morgen fängst du schon an, Bäume auszureißen.«

Maike glaubte es nicht, aber sie schwieg. Doch Elisabeth hatte recht: Am nächsten Morgen – die Nacht war störungsfrei verlaufen, oder sie hatte, todmüde, den Kleinen einfach nicht gehört – fühlte sie sich schon viel besser. Elisabeth erschien wirklich schon sehr früh wieder, brachte ihr das Kind, räumte auf und kochte starken Kaffee. Gleich darauf kam ein Telegramm von Peer, sie solle ihn erst morgen zurückerwarten. Maike atmete auf – gut so! Inzwischen lichtete sich das Chaos unter Elisabeths ordnenden und geschickten Händen mehr und mehr, und es wurde richtig gemütlich. Elisabeth baute aus einer Kiste, zwei Koffern und einem Matratzenteil einen Wickeltisch, auf dem das Kind umgelegt werden konnte, und brachte darüber ein kleines Regal an, auf das Puder und Krem, Watte und Tupfer kamen. Dabei redete sie unaufhörlich.

»Peer wird nicht gefragt! Soviel Platz braucht ein Kind«, bestimmte sie. »Und du brauchst dich nicht zu bücken, während du ihn versorgst. Wenn du es im Wagen machst, kriegst du Kreuzschmerzen, daß du nie wieder aufrecht gehen kannst. Und paß mal auf, einrichten tut er sich schnell, und ihr habt nachts Ruhe. Ein Glück, daß eure Frau Hoffmann, die Gott segnen möge, dir erlaubt, ihn in den Flur zu schieben, wenn er brüllt.« Das hatte die rührende alte Dame Maike sofort angeboten. »Tu das nur ja, dann hört ihr ihn nicht. Ich habe meine immer neben meinem Bett gehabt und nicht schlafen können, es war schrecklich. Überhaupt ist eure Wirtin Wundermild einmalig und nicht mit Gold aufzuwiegen. Paß auf, nicht mehr lange, und sie fährt euern Prinzen aus, damit er an die Luft kommt.«

»Darum hat sie mich schon gebeten«, gestand Maike. Und dann fügte sie hinzu, vorsichtig, ein wenig ängstlich: »Würdest du – dazu ja sagen?«

»Aber klar! Aber mit tausend Freuden!« lachte Elisabeth. »Da ist er untergebracht – und sie glücklich. Nimm's wahr, Menschenskind, solange sie es möchte – wie schnell kann was dazwischenkommen. Nein, aber Maike, du wirst doch jetzt nicht verzagen«, setzte sie ernsthaft hinzu, »nachdem alles sich so prächtig anläßt bei euch. Eine leichte Entbindung ohne jede Komplikation, und dir geht's gut, und diese goldige alte Dame! Wenn du wüßtest, wie es bei uns gewesen ist! Wir sollten aus der Wohnung fliegen, als Bylle sich anmeldete, und Geld hatten wir auch nicht, nur Schulden, jeden Tag mehr...«

Maike hörte ihrem fröhlichen Gebrabbel über traurige Dinge zu und schlief darüber ein. Elisabeth merkte es, »Zweck der Übung«, sagte sie und trat an die Couch, sah die Freundin mitleidig-zärtlich an. Ach ja, ach ja, was ihrer wartete, das ahnte sie wohl nicht. Deshalb mußte man ihr Mut machen, damit sie hineinging in ihr nicht einfaches Leben, sozusagen mit geschlossenen Augen. Und eines Tages – ja, eines Tages würden sie es auch schaffen, Peer und Maike, so wie sie und Uwe es geschafft hatten. Freilich, der Weg dorthin...

Maike wachte auf, ihr war so heiß. Zuerst dachte sie, Kay habe sie geweckt, aber sie sah, daß er schlief. Seit einiger Zeit schlief er durch, bis sie ihn gegen fünf zur ersten Mahlzeit zu sich nahm. Oft schlief sie dann wieder ein, während er bei ihr trank, so müde war sie, und immer hatte sie Angst, sie könnte ihn erdrücken. Heute aber war sie aus einem anderen Grund aufgewacht.

Lernen mußte sie noch, das war es. Sie brauchte den Schein und würde heute mit fünf anderen vorn vor dem Auditorium auf dem Klappstühlchen hokken und die hereingefahrenen Patienten untersuchen müssen. Das traf jeden einmal, und jeder hatte Angst davor. Aber sie war zu wenig vorbereitet, ihre Angst war begründet.

Sie kam nicht zum richtigen Pauken. Manchmal überlegte sie sich – ehrlich, ehrlich, Maike Hansen! –, ob sie wirklich früher alle Zeit, die sie jetzt an das Kind wandte, über den Büchern verbracht hatte. Doch, gelernt hatte sie, sogar mehr als andere, die sie kannte. Trotzdem wohl nicht genug, nie genug. Überall, wohin sie sah, waren Lücken, so schien es ihr. Und heute!

Sie war ganz wach geworden. Während ihr das alles vor Augen trat, schob sie sich so leise wie möglich aus dem Bett und tappte ins Bad. Als sie wieder hereinkam, sah sie, daß Kay wach war. Er guckte mit großen blanken Augen zu ihr auf, macht grr grrr! und hampelte mit Armen und Beinen vor Entzücken, und dann lachte er. Da konnte sie nicht widerstehen und nahm ihn hoch, legte ihn auf den Wickeltisch und holte ein frisches Strampelhöschen heraus.

Er war süß – ach, über alle Maßen entzückend. Der Nabel war tadellos verheilt und das Bäuchlein drumherumgewachsen, wie sich das gehörte. Der ganze kleine stramme Körper lag in ihren Händen, so ohne Fehl und Tadel, so vollkommen, so kostbar und wunderbar, jeden Tag wieder – sie konnte sich nicht satt daran sehen. Und immer wieder stieg es heiß und dankbar in ihrem Herzen auf: Wieviel kranke, behinderte, leidende Kinder hatte sie schon gesehen! Wasserköpfe, Mißbildungen, Krüppelchen – auch in diesem Alter bereits! Und ihr wurde solch gesundes, normales, schönes Kind beschert! Womit hatte man das je verdient, womit wohl! Und daß es auch noch ein Junge war!

Sie setzte sich in den tiefen Sessel und legte das Kind an. Daß sie auch noch genügend Nahrung hatte – es war kaum zu glauben und vereinfachte alles sehr. Jetzt bekam er nur noch vier Mahlzeiten, davon einen Gemüsebrei, den im Notfall Peer oder Frau Hoffmann geben konnten. Peer arbeitete jetzt viel zu Hause, er saß viele Stunden an der Schreibmaschine, und dabei konnte er gut auf den Jungen achtgeben. Maike war immer sehr glücklich, wenn sie wußte: Peer ist zu Hause; da konnte sie einmal so richtig abschalten und in der Uni oder der Klinik nur an ihr Studium denken. Das war bitter notwendig.

Denn das Kind nahm ihr Zeit, so normal es sich entwickelte. Sie hatte sehr viel zu tun. Nicht nur die Mahlzeiten zubereiten, sie mußte den Kleinen baden, sie mußte waschen und bügeln, auch einmal flicken, wenn auch nicht gerade Babysachen. Aber für Peers Hemden und Socken war sie ja auch verantwortlich. Sie mußte Obst und Gemüse besorgen und Frau Hoffmann den Kinderwagen hinunter- und hinauftragen helfen, wenn die den Prinzen ausfuhr, das konnte die nicht allein. Wenn Maike das Fahrrad nicht gehabt hätte, wäre sie nicht fertig geworden, so gesund wie sie sich nun auch wieder fühlte.

Natürlich, gesund mußten sie bleiben, alle drei, das war erste Voraussetzung. Und manchmal hatte sie Angst, irgend etwas Ansteckendes mit nach Hause zu bringen aus der Klinik, Keuchhusten oder Masern oder noch Schlimmeres.

Während der Junge trank, versuchte sie, im gynäkologischen Lehrbuch zu lesen. Es war sehr unbequem, denn sie mußte, der vielen Abbildungen wegen, dauernd umblättern. Dann verlor der Junge die mütterliche Quelle und fing heftig an zu räsonieren. Schließlich gab sie es auf und schlug das Buch zu und versuchte, aus dem Kopf zu memorieren. Das erwies sich als hoffnungslos. Sie hatte den letzten Schein nicht gekriegt und mußte unbedingt diesen bekommen. So nahm sie den Jungen vorzeitig ab, legte ihn in den Wagen und zog sich schnellstens an.

Ob Peer heute zu Hause bleiben würde, wußte sie nicht. Sie fürchtete, er müßte in die Bibliothek. Dann aber konnte sie nicht fort, da Frau Hoffmann heute vormittag nicht da war. Nach sekundenlangem Überlegen nahm sie einen Zettel und schrieb darauf:

»Bin um elf wieder hier. Tütü.« Den legte sie dem schlafenden Peer vor die Nase und entschlich, mit einem bedrückten Gewissen und draußen doch aufatmend. Herrjeh, sie ging ja nicht ihrem Vergnügen nach, sie mußte, mußte heute den Schein bekommen. Wenn sie sich sehr beeilte, konnte sie vorher noch einmal ins Buch schauen.

Es würde heute wieder heiß werden. Hier in der kleinen Stadt kühlte es nachts nicht ab, die Hitze stand zwischen den Häusern, kein Windhauch wehte. Maike fühlte, wie ihre Stirn schon wieder naß war. Und der arme kleine Junge mußte heute im Zimmer bleiben, den ganzen Tag. Was nützte es, wenn man das Fenster aufriß, gute Luft kam da nicht herein. Wer aber konnte sich ein Zimmer im Grünen leisten, vor allem, wenn man dauernd in die Stadt mußte.

Unwillkürlich dachte Maike an zu Hause. An den überdachten Sitzplatz vor dem Wohnzimmer, wo man sich Sonne und Halbschatten aussuchen konnte, wo Mutter vormittags saß, wenn sie Briefe schrieb oder etwas zu flicken hatte. Wenn dort Kays Kinderwagen stünde, ja...

Aber dann müßte sie ihr Studium aufgeben. Dann müßte sie heim mit dem Jungen – das hatte Mutter ihr ja angeboten. Und das wollte sie nicht. Nein, nein und nein. Den Jungen für eine Zeitlang zu Mutter geben, beispielsweise während des Staatsexamens, das doch mindestens vier Monate dauerte, das wäre natürlich eine vernünftige Lösung, ja, *die* Lösung. Daran aber wollte sie jetzt nicht denken. Das kam ja auch erst Ende nächsten Jahres in Frage, frühestens. Sie wußte noch nicht genau, wann sie sich zum Examen melden würde. Manchmal wurde ihr heiß vor Angst, wenn sie sich vorstellte, wie schwierig es dann mit dem Jungen werden würde, sobald er anfing zu krabbeln, zu laufen, alles herunterzureißen, und außerdem mußte er zur Sauberkeit erzogen werden. Man konnte das ja etwas hinausschieben, sie hatte Elisabeth gefragt und sich damit beruhigt, daß diese notwendige und zeitraubende Dressur, ein klein wenig später angefangen, dann schneller gelang, dann nämlich, wenn das kleine Gehirn schon verstand, was man wollte. Die Angst aller übereifrigen jungen Mütter, den richtigen Zeitpunkt zu verpassen, verführte viele dazu, beim ältesten Kind schon mit sieben oder acht Monaten anzufangen, was natürlich Unfug war.

»Glaub es bloß nicht, wenn jemand behauptet, sein Kind sei mit einem Jahr sauber«, hatte Elisabeth gesagt. »Das ist fast immer reine Protzerei. Du kannst es ja nicht nachprüfen, und kommst du zufällig mal in die Wohnung, dann flattern dir Windeln entgegen, und wenn du fragst, heißt es, das Kind habe einen Rückfall, es sei erkältet oder so was. Alles nichts als Angabe! Nun, ›früher‹ kamen die Babys ungefähr sauber auf die Welt, wird uns heutigen Müttern erzählt. Jungen sind außerdem länger Ferkelchen als Mädel, mach dich also ruhig auf allerhand gefaßt.«

Elisabeth und Uwe waren durch, sie hatten es geschafft. Uwe hatte eine gutbezahlte Stellung in der

Industrie angenommen und dadurch auch sofort eine Wohnung bekommen, eine Werkswohnung. Elisabeth ging wie auf Wolken, so sagte sie, seit sie Platz habe. War das fürchterlich gewesen, in einem einzigen Zimmer zu hausen! ›Glück ist eine Raumfrage‹, zitierte sie immer wieder.

Ja, die hatten es geschafft. Ein Kollege von Peer aber, der auch während des Studiums geheiratet hatte, weil das erste Kind kam, war gerade jetzt durch den Referendar geflogen. Was er nun anfangen wollte, wußte Maike nicht. Er war nach der schiefgegangenen Prüfung zwei Tage lang verschwunden gewesen, so verzweifelt war er, und seine Frau hatte sich die entsetzlichsten Sorgen gemacht. Maike kannte sie von früher her, eine Sportskanone, die mehrere Meisterschaften gemacht hatte. Jetzt sah sie aus wie zehn Jahre älter, sorgenvoll und abgejagt, hatte wohl auch Kummer mit dem Kind, das nur mühsam vorwärts kam in der Entwicklung. Worauf der Mann nun umsatteln würde, wußte Maike nicht.

Ja, nicht immer ging es ›gut aus‹, wie man so sagte. Eine Studentin, die durch das Physikum gefallen war, das zweite, also letzte Mal, hatte einen Selbstmordversuch gemacht. Die ganze Uni wußte es, obwohl es natürlich verschwiegen werden sollte. Der Professor, bei dem sie versagt hatte, bemühte sich rührend um sie, er war eines der Asse, die an dieser Uni lasen, ein ganz großartiger, feinfühliger und bewundernswerter Mann. Aber sie aus Mitleid durchlassen, das tat er nicht. Er nahm sie nach dieser schrecklichen Geschichte in sein Haus, ließ sie, als es ihr besser ging, schriftliche Arbeiten für ihn erledigen und bezahlte sie gut. Später würde er, so hieß es, erwirken, daß sie eventuell das dritte Mal mit einer Sondergenehmigung in die Prüfung steigen dürfte. So etwas gab es nur in Ausnahmefällen, und Maike fand es mutig von dem Professor. Denn wenn jetzt wieder jemand durchfiel, lag es natürlich nahe, daß er ebenfalls einen Selbstmordversuch machte oder wenigstens vortäuschte, um dasselbe zu erreichen.

Maike war an der Uni angekommen, stellte das Rad ab und lief hinein. Im Vorraum traf sie Engelke, eine etwas ältere, sehr kluge Kollegin, die heute auch ›dran‹ war.

»Schnell, sag mir, was du meinst... weißt du über den jungen Mann Bescheid, der diese merkwürdige Unterschenkellähmung hat?« fragte Maike sofort. Engelke lachte und nickte. In eifrigem Gespräch liefen sie miteinander die Treppe hinauf.

Als Maike am Nachmittag nach Hause kam, sehr erleichtert und vergnügt – es hatte tatsächlich geklappt, dank Engelke, die ihr einen guten Tip gegeben hatte, und der Schein war erobert –, da empfing sie ein sehr verärgerter, ja, wütender Peer. Er hatte an diesem Tag weder zu Hause bleiben wollen noch eigentlich können, sondern war mit einem Dozenten verabredet gewesen, den er sitzenlassen mußte, weil Frau Hoffmann nicht kam, um ihm den Jungen abzunehmen. Grade heute war der kleine Kerl nicht eingeschlafen, was er sonst gegen Mittag tat, und Peer wagte sich nicht fort. Er hätte ruhig gehen können; in diesem Alter fallen Kinder noch nicht aus dem Wagen, Maike sagte das sofort, und leider sagte sie es in einem ziemlich heftigen Ton. Sie war über diesen ärgerlichen Empfang gekränkt, hatte sich so gefreut, von ihrem Schein zu erzählen, und bekam nun nichts als Vorwürfe zu hören. Peer antwortete entsprechend, und so kam es zu einem höchst bedauerlichen Krach, einem Krach, wie er noch nie in dieser jungen Ehe vorgekommen war. Und Peer ging weg, ohne sich zu verabschieden. Es war schlimm.

Natürlich kam so etwas vor, wahrscheinlich überall, auch in Ehen, wo der Mann verdiente und die Frau Zeit für den Haushalt hatte. Maike versuchte, sich das zu sagen, sie versuchte, vernünftig zu sein, aber es gelang ihr nicht recht. Peer kam auch nicht wieder. Maike wartete, versorgte den Jungen und wartete weiter. Schließlich fielen ihr doch die Augen zu, übermüdet und abgehetzt wie sie war. Am andern Morgen stellte sich heraus, daß sie durch diese Geschichte vergessen hatte, Peers Hemd zu bügeln, das machte das Ganze nicht besser. Sie war sehr kleinlaut, als er schweigend das gebrauchte Hemd anzog und dann ohne Frühstück losrannte. Sie selbst frühstückte sehr oft nicht, einfach aus Zeitmangel, aber ihm stellte sie stets etwas hin, auch wenn sie eher fortging. Daß er weder aß noch trank, war immer ein Zeichen von Ärger bei ihm.

Maike räumte betreten Tasse und Teller weg, damit er nicht, wenn er wiederkam, noch einmal an das morgendliche Fiasko erinnert wurde.

Sie fand, so sollte man sich nicht benehmen. Aber er war eben auch nur ein Mensch, dem einmal die Galle überlief, obwohl er im ganzen viel ruhiger und ausgeglichener war als sie. Auch älter, überlegener – eigentlich so, daß man ihn sich fast immer zum Vorbild nehmen konnte. Sie sagte sich das, während ihr Herz revoltierte: Diesmal hätte er wirklich fünf grade sein lassen sollen, diesmal, als sie mit ihrem Sieg nach Hause kam! Ja, solche Dinge erlebte Muck nicht, sagte sie sich trotzig, die brauchte nicht vor der Laune ihres Mannes zu zittern. Dabei wußte sie ganz genau, wie ungerecht sie jetzt war, und beschämt versuchte sie, diese Gedanken zum Schweigen zu bringen. Von Muck wußte sie übrigens nichts, sie war in letzter Zeit nicht mehr bei ihr gewesen. Es war so weit, mit dem Kinderwagen brauchte man über eine Stunde. Und mit dem Fahrrad hinausfahren und den Jungen allein lassen, das mochte sie nicht, sie ließ ihn ohnehin schon allzu oft allein, ihrer Arbeit wegen.

Außerdem war sie in Sorge, was in den Ferien geschehen sollte. Natürlich famulieren. Drei Monate hatte sie zwar, das war Vorschrift, aber es genügte ihr nicht. Dreizehn Wochen Chirurgie, Pathologie und Augenheilkunde machen, letzteres auf jeden Fall. Manchmal wurde ihr heiß vor Angst, wenn sie sich das alles vorstellte. In Chirurgie konnte sie eventuell den Jungen mitnehmen, sie kannte da eine junge Ärztin, die in einer Kleinstadt wohnte und froh um jeden Famulus war, den sie bekam. Dann aber mußte sie sich von Peer trennen, und ihm das vorzuschlagen, hatte sie den Mut noch nicht aufgebracht.

Manchmal dachte sie jetzt daran, doch noch einmal bei Mutter anzufragen, ob sie den Jungen nehmen wolle – wenigstens ein paar Wochen, wenn er erst abgestillt war. Über die ärgste Hitze wollte sie ihn weiter nähren, das war das Beste, auf jeden Fall. Muttermilch ist immer gut, und wer so viel Nahrung hatte wie sie, hörte natürlich nicht vorzeitig damit auf. Später aber könnte Mutter ihn doch einmal nehmen. Dagegen hatte sicher auch Peer nichts. Nur, bei Mutter betteln und dann vielleicht doch ein Nein bekommen...

Sie würde auch betteln, müßte es können. Ihr Ziel war ihr so wichtig, daß sie sich dazu überwinden würde. Für nichts bekam man nichts im Leben, das wußte sie nun schon recht genau. Aber sie glaubte ziemlich sicher, daß sie trotz allen Bittens ein Nein als Antwort erhalten würde. Mutter war noch immer oder vielmehr jetzt erst recht um Vater besorgt. Sie hatte im Frühjahr die Fahrprüfung abgelegt und fuhr ihn ins Büro, was sie lange Zeit weit von sich gewiesen hatte, je zu tun, und holte ihn wieder ab, schonte und verwöhnte ihn, soviel sie konnte. Johannes hatte das Abitur bestanden und war zur Zeit im Ausland, der größere Bruder wieder daheim. Mit ihm schien zur Zeit irgend etwas nicht klarzugehen. Maike hatte ein beklommenes Gefühl, wenn sie an zu Hause dachte. Mutter noch mit ihren eigenen Sorgen zu belasten, das erschien ihr unmöglich.

Und ein Kind machte Arbeit, so praktisch man sich auch damit einrichtete. Außerdem sind Großmütter eben doch umständlicher, sie brauchen für alles mehr Zeit als junge Mütter, denen vieles gleichgültig ist oder wird, wenn sie keine Zeit haben. Elisabeth zum Beispiel hatte erzählt, daß sie in der schlimmsten, der arbeitsreichsten Zeit die Windeln nicht einmal zusammengelegt habe. Nur von der Leine gerissen und in den Korb geworfen und dort wieder herausgeangelt. »Was meinst du, zehn Minuten mehr Arbeit am Tag, das konnte ich mir nicht leisten. Da hatte ich ganz andere und wichtigere Dinge zu erledigen in diesen gesparten zehn Minuten.«

Anders ging es nicht, Maike sah das ein. Aber Mutter würde es nicht einsehen. Und sie würde glauben, nun Vater nicht mehr chauffieren zu können und daß es ihn außerdem stören würde, wenn das Kind einmal schrie. Kay schrie überhaupt nicht, Maike stellte das selbst verwundert fest, aber es konnte natürlich sein, daß er zu Hause schreien würde, weil ihm die Umstellung nicht bekam oder er Zähne kriegte oder aus sonst irgendeinem unerfindlichen Grund. Nein, Mutter damit zu kommen, das war aussichtslos, bestimmt. Und das Studium aufstecken und mit dem Kind nach Hause gehen, sich von Peer trennen, auf unabsehbar lange Zeit – nein. Nein und nein und nein und immer wieder nein.

Freilich, wenn Peer böse war, so wie heute, fiel einem sozusagen die Welt ein. Dann fragte man sich, was denn das alles nützte – selbst ein Staatsexamen mit Eins verlor dann an Glanz. Maike schleppte sich durch den Tag und hatte kaum den Mut, heimzugehen. Als sie sich dann doch dazu überwand, schien das Leben sich besonnen zu haben und zeigte plötzlich ein anderes Gesicht – sehr überraschend. Peer öffnete ihr die Tür – sie hatte zu allem Unheil noch den Schlüssel vergessen und mußte läuten – und empfing sie geschäftig unbefangen, ja, ausgesprochen vergnügt.

»Rat, wer da ist!« sagte er und küßte sie geschwind auf die Nasenspitze, was immer ein Zeichen guter Laune bei ihm war. »Du rätst es nicht: Olav. Ganz plötzlich.«

»Ist er drin?« fragte Maike und deutete mit dem Kinn auf ihre Zimmertür.

»Nein, noch mal telefonieren gegangen. Kommt aber sofort wieder.«

»Hast du ihm was gesagt?« fragte Maike, atemlos vor Spannung.

»Nein, natürlich nicht. Ich soll doch nicht«, sagte Peer. »Du hast mich doch drum gebeten. Außerdem können wir uns nicht hineinmischen, finde ich, auch du nicht, Maike. Wenn ich es auch verrückt finde.«

»Vielleicht weiß er es längst?« fragte Maike und fuhr sich mit dem Kamm durchs Haar. »Hast du was zu essen besorgt? Ja? Gott sei Dank. Du bist doch mein bester Peer, danke, danke, danke!«

Er merkte natürlich, daß sie sich nicht nur für die eingekauften Leckereien fürs Abendessen bedankte. Alles war gut. Peer machte ihr noch einmal ein Zeichen, daß sie schweigen solle, da kam Olav schon wieder. Maike begrüßte ihn und versprach, nun aber selbst als Hausfrau zu schalten und zu walten.

»Setzt euch und seid gemütlich, gleich gibt es was«, sagte sie, und, während sie hantierte, sah sie Olav heimlich an. O ja, er sah gut aus, natürlich nicht so gut wie Peer, der fast einsneunzig maß, und dunkel, sehr lebhaft, mit einem profilierten Gesicht. Lustig fand Maike – übrigens schon immer –, daß er ein wenig, ein klein wenig sächselte. Man hörte es eigentlich nur, wenn man darauf aufmerksam gemacht worden war, fast nur am Tonfall und sonst am Anklang an jenem feinen, höfischen Dialekt, der auch an sehr gebildeten Sachsen haftet.

»Du bist Attaché, Respekt!« sagte Peer gerade und hob sein Glas, »Prost, Herr Legationsrat in spe.«

»Ach du meine Güte, Attaché, was das schon ist!« lachte Olav und tat ihm Bescheid. »Was Tolles wirklich nicht. Immerzu muß man Berichte machen. Ich arbeite im Grunde überhaupt nicht gern schriftlich.«

»Aber Paris!« sagte Maike, »Paris muß doch herrlich sein.«

»Ist es auch. Ist wundervoll. Und wenn alle Leute schreien, Paris sei wundervoll, so wird es dadurch kein kleines bißchen weniger wundervoll! Nein, Paris, das ist schon etwas. Und auch sonst...« Er kam ins Erzählen. Maike briet Spiegeleier und schnitt Brot und stellte dabei Zwischenfragen, es war so hübsch und munter und herrlich, Gastgeberin sein zu dürfen, eigentlich so, wie man es sich früher vorgestellt hatte, als Studentin verheiratet zu sein. Das Zimmer sah gar nicht mehr ›möbliert‹ aus, sie hatten jetzt bunte Vorhänge an den Fenstern und eine Tischdecke aus demselben Stoff, und Peers viele Bücher gaben mit dem selbstgebastelten Regal ein warmes und persönliches Leben. Der Wagen mit dem Jungen stand noch auf Frau Hoffmanns winzigem Küchenbalkon, Maike hatte natürlich als erstes nach ihm gesehen, aber er schlief noch. So konnte sie sich ohne Einschränkung den beiden Männern widmen.

Trotzdem – oder gerade weil es so hübsch und so vertraut mit Olav und so herzlich gemütlich war, im Grunde ihres Herzens fühlte Maike eine Unruhe. Sie war unentschlossen, schwankend – sollten sie Olav nicht doch etwas sagen? Wenn er wirklich ahnungslos war, hinterging man ihn nicht auf die krasseste Weise? Schließlich waren er und Peer befreundet. Und sie und Muck ja wohl auch! Andererseits, Peer hatte deutlich gesagt, sie dürften sich nicht einmischen. Es war schwer für Maike, nichts zu sagen. Plötzlich erwähnte Olav Muck von sich aus.

»Ja, eigentlich wollte ich ja auch Marlies von Buch mal besuchen. Aber ich weiß nicht recht...«

»Habt ihr euch verzankt?« fragte Peer vorsichtig und trat Maike vor Spannung auf den Fuß.

»Gewissermaßen – oder doch – gewissermaßen nicht«, sagte Olav und knaudelte an seiner Zigarette herum, daß sie schon ganz deformiert war. »So ganz genau weiß ich das selber nicht. Bei Frauen weiß man so was oft nicht. Aber...«

Peer schwieg. Maike schwieg auch. »Aber eins kann ich euch erzählen. Änne heiratet! Ja, da staunt ihr!« schoß Olav jetzt los. Da staunten Maike und Peer wirklich.

Änne, eine Frau im Alter von Maikes Mutter, besaß hier in der Stadt einen Antiquitätenladen und hatte, früh verwitwet, damit zwei Söhne großgezogen und studieren lassen. Und außerdem unzähligen anderen Studenten, ordentlichen und verkrachten, geholfen, sie durchgefüttert, bewaschen und beflickt, ihnen Geld geliehen und einigen sogar die Hochzeiten ausgerichtet, wenn sich keine andere Möglichkeit fand, zu feiern. Da wurde der Laden ausgeräumt und alles geschmückt, und jeder brachte etwas mit. Maike und Peer hatten auch so eine »Änne-Heiraterei« mitgemacht und dachten jetzt noch voller Vergnügen dran.

»Was, Änne? Wen denn?« fragten sie wie aus einem Mund. Olav, sichtlich geschmeichelt über den Erfolg seiner Nachricht, begann zu erzählen. Und darüber vergaß Maike sogar zunächst die andere

Frage, die, die Muck betraf. In Änne hatte sich ein Großindustrieller verliebt, ein ganz reicher Mann mit einem tollen Wagen, und sie wollten tatsächlich heiraten. Das würde ein Fest geben! Bestimmt brachten die Studenten ihr einen Fackelzug, und auch sonst würde alles getan werden, was sie ehren konnte, auf alle Fälle sicher fürchterlich getrunken. Darauf freuten sich alle schon. Maike wunderte sich, daß sie noch nichts davon gehört hatte. Olav war kaum in der Stadt, und schon wußte er es. Nun ja, er war Diplomat, die müssen das Gras wachsen hören.

Aber sie vergaß Muck nur zunächst. Nachdem sie miteinander alle Möglichkeiten, die Änne winkten, durchgesprochen hatten, besann sie sich wieder auf die Freundin, und da sie auch etwas getrunken hatte, fühlte sie plötzlich den Mut zu einem Entschluß. Wenn sie schon hatte versprechen müssen, Olav nichts zu verraten, so wollte sie doch wenigstens Muck Bescheid geben, daß er da war. Unter einem Vorwand verließ sie das Zimmer und lief eilig die Treppe hinunter, auf die Straße hinaus und zur nächsten Telefonzelle. Von dort aus bei Muck anzurufen, das konnte ihr niemand verwehren.

Ein Herr stand in dem Glashäuschen und eine Dame davor. Maike wartete und fing an, hin und her zu gehen. Dann fiel ihr ein, daß der Junge mit seinem Wagen ja noch auf dem Balkon stand. Sie rannte zurück, wieder in die Wohnung hinauf, in die Küche. Richtig, er war aufgewacht. Sie schob den Wagen zu den beiden Männern ins Zimmer und sagte: »Nimm ihn schnell raus, ja, Peer? Ich komme sofort!« und entsprang wieder. Nun waren die beiden beschäftigt und vermißten sie bestimmt nicht, auch wenn es ein Weilchen dauern sollte.

Es dauerte. Die Dame, jetzt in der Zelle, konnte sich nicht kurz fassen, und Maike zersprang fast vor Ungeduld, während sie das Telefonhäuschen umkreiste wie ein Schäferhund seine Herde. Endlich legte die Person auf. Maike schoß hinein, wählte mit vor Nervosität fahrigen Fingern und horchte dann. Es tutete, tutete wieder, tutete noch mal. Es tutete endlos. Muck war nicht da.

So ein Pech! So ein dummer Zufall! Gerade jetzt! Muck ging doch bestimmt nicht oft abends weg, und gerade heute! Maike legte auf und wählte noch einmal, in der Hoffnung, sie habe sich das erste Mal vertan. Wieder das endlose Tuht tuht! Entmutigt hängte sie an. So ein Pech!

Während sie, für ihr Temperament bemerkenswert langsam und mit gesenktem Kopf, heimwärts wanderte, überlegte sie, ob man nicht doch mit Olav sprechen sollte. Sie konnte sich zwar mit Peer nicht mehr darüber verständigen, aber es schien ihr, als sei es richtiger. Sie mußte es dann eben auf ihre Kappe nehmen. Aber das erschien ihr bedenklich, vor allem, da sie froh war, sich gerade mit Peer versöhnt zu haben. Wenn er nun wieder böse wurde...

O bitte nicht! Aber für Muck war es doch wichtig, und für Olav schließlich auch! Die ganze Geschichte wurde je länger, desto schwieriger. Maike kam, langsam die Treppe hinaufgehend, in den Flur, als die Zimmertür von innen heftig aufgestoßen wurde.

»Jetzt hättch aber bald meinen Zuch versäumt!« hörte sie Olav sagen, diesmal klang es sehr echt sächsisch. »Nee so was! Nu aber hobb hobb!«

»Du willst schon gehen?« fragte sie erstaunt.

»Ich muß. Ich gomm mal wieder...« Jetzt imitierte er einen echten Sachsen, ganz bewußt, und sie mußte lachen.

»Seid gegrießt und bedankt – und ich gomm wieder, so scheen warsch bei euch, ihr Herzschen!«

Peer rannte mit. Sie wollten eine Taxe anrufen, damit Olav den Zug noch erreichte. Maike blieb im Flur stehen und überlegte.

Sollte sie mitrennen? Ihm doch noch Bescheid sagen? Plötzlich erschien es ihr unglaublich, daß sie geschwiegen hatten, unverantwortlich. Sie drehte um und war schon an der Flurtür, da hörte sie einen Bums und gleich darauf Kay schreien, wild und verzweifelt. Sie lief ins Zimmer zurück. Nein, diese Männer!

Peer mußte den Kleinen auf die Couch gelegt haben, und von dort aus war der Junge auf die Erde gerollt. Da lag er und brüllte. Maike hob ihn auf.

»Süßer, Süßer! Weh getan? Warte, wir pusten es weg! Nein so was, dieser Vater...«

Es war nichts passiert, und der Kleine beruhigte sich schnell. Aber es war das erste Mal, daß er ernstlich gefallen war – Maike behielt ihn auf dem Arm und ging mit ihm hin und her, zärtlich mit ihm redend, bis er aufhörte zu weinen. Alle Kinder fliegen runter, hatte Elisabeth gesagt, Maike aber hatte sich damals vorgenommen: Unserer nicht! Nun war es doch passiert. Sie war sehr erschrocken.

Dann legte sie ihn um, er lachte schon wieder. An seiner Stirn bildete sich eine dicke Beule.

»Das wird nicht die letzte sein in deinem Leben«, sagte sie zärtlich und blies sie an, »was wird dein Vater sagen, wenn er dich sieht, du kleiner geschundener Raubritter!«

Ja, und mit Olav hatte sie nun also nicht gesprochen. Vielleicht verpaßte er den Zug? Sie ertappte sich dabei, wie sie sich vornahm: wenn er ihn wirklich nicht erreichte und mit Peer wieder heimkam, würde sie mit ihm sprechen. Vielleicht Peer erst unter einem Vorwand aus dem Zimmer locken und mit ihm beraten, aber dabei bleiben: es ist besser, wir reden mit Olav.

Sie wurde ganz getrost bei diesem Plan. Olav hatte ihr wieder sehr gut gefallen, es konnte noch alles gut werden!

Sie legte sich auf die Couch und gab dem Kleinen zu trinken, seine Abendmahlzeit stand noch aus. Dabei horchte sie, ob die beiden zurückkamen. Sobald unten auf der Straße Schritte erklangen, hielt sie den Atem an. Und dann – nachdem sie den Jungen in den Wagen gelegt hatte – war sie auf einmal eingeschlafen und wachte erst auf, als Peer sie am andern Morgen vorsichtig anstieß. Er hatte sie in der Nacht noch zugedeckt, aber nicht wach bekommen.

»Du schliefst wie ein Bär«, sagte er lachend, »angezogen, schämst du dich nicht? Ein Glück, daß du wenigstens deiner Mutterpflicht noch genügt hast. So einen Schwips zu haben!«

»Schwips, du spinnst wohl!« ärgerte sich Maike, mußte aber doch lachen. »Und außerdem: *Du* solltest dich schämen! Läßt deinen Kronerben runterfallen, wenn du schon mal auf ihn achtgeben sollst – ja, mitten in der Stube lag er, der arme Kerl. Da ist die Beule!«

»Wirklich?« Peer wurde ganz kleinlaut. »Ich dachte doch nicht, daß er das schon kann. Das hat er doch noch nie getan!«

»Einmal ist das erste Mal«, sagte Maike weise, dann aber fragte sie halblaut: »Und Olav hat den Zug bekommen?«

»In der letzten Sekunde. Das war eine Jagd! Er stellte sich fürchterlich an, tat, als hinge das Wohl der Bundesrepublik daran, daß er den Nachtzug bekam. Na, nun ist ja alles gut.« Peer suchte nach seinen Manschettenknöpfen und warf alles, was in dem Kästchen lag, auf den Tisch. »Ich muß fort, Maike, mach's gut. Tütü!«

»Tütü!« antwortete sie, noch mit dem Jungen beschäftigt. Alles gut? Hätte Olav doch den Zug versäumt! Sie konnte und konnte es nicht richtig finden, wie sie gehandelt hatten. Nun aber war nichts mehr zu ändern, sie wußte Olavs Adresse nicht.

Peer stapfte die Bahnhofsstraße entlang und starrte mit dem intensiv blinden Blick vor sich hin, den geistige Arbeiter haben, wenn ihnen eine Erleuchtung kommt. Die Umwelt kann von Glück sagen, wenn dieser also Erleuchtete nicht am Steuer eines Kraftfahrzeuges sitzt, weil das zu Karambolagen führen kann, die später kein Sachverständiger zu erklären vermag. Peers Erleuchtung bezog sich auf seine Doktorarbeit, die wochenlang gestockt und nun plötzlich einen Ruck vorwärts bekommen hatte. Während er so dahinschritt, merkte er, daß er etwas anstarrte, das vor ihm herging und das er kannte, von früher, von sehr früher her. Etwas Weibliches, nicht mehr ganz in Knospe stehend, doch für einen jungen Ehemann durchaus beachtenswert, keineswegs besonders schick, dafür aber um so herzerwärmender.

Peer schüttelte die Benommenheit ab, die ihn wie eine Wolke umgeben hatte, und beschleunigte seine Schritte, um sich zu überzeugen, daß keine Ähnlichkeit ihn narrte.

»Lottchen, tatsächlich!« sagte er, der Voranschreitenden den Weg schräg abschneidend.

»Peer!«

Es gab eine Wiedersehensszene auf offener Straße, die Peer nicht einmal auf die Nerven ging, obwohl ihn hier im Städtchen beinah jeder und jede kannte.

Lottchen war kein früherer Sündenfall von Peer, im Grunde aber viel mehr.

»Du bist immer das Maß aller Dinge für mich gewesen«, gestand er, über sich selbst erstaunt, als er und sie im nächsten Café gelandet waren, trotz der vormittäglichen Stunde. »Alle Frauen, die mir begegneten, habe ich mit dir verglichen.« Er sagte »Du« – sie lachte ihn an und machte ihn darauf aufmerksam, daß sie sich nie geduzt hatten. Nicht einmal das konnte ihn erschüttern und aus dem Konzept bringen.

»Lassen wir es dabei«, bestimmte er mit einer ihm sonst fremden Souveränität. »Ich glaube, es soll so sein. Was macht Friedel?«

Friedel war ihr Mann, im Hauptberuf Oberstudiendirektor, an einem Internat, in dem Peer Jahre seiner Jugend verbracht hatte.

»Er hat graue Haare und kratzt sich noch immer an der Kehrseite, wenn er tief nachdenkt«, berichtete Lottchen und bestellte sich einen Kaffee. »Du auch einen? Ich lade dich ein.«

»Das kommt nicht in Frage, sondern mir zu.« Sie stritten und versöhnten sich, und dann erzählte Lottchen. Sie war hier bei einer Freundin zu Besuch gewesen und hatte gestern den letzten Zug verpaßt, deshalb übernachten und heute morgen zu ihrem Entsetzen feststellen müssen, daß der nächste Zug, den sie mit Mühe zu zweit herausgesucht hatten, nur am fünfundzwanzigsten Zwölften fuhr, heute nicht; es war Mai. Deshalb also saß sie erneut fest.

»Und dabei bin ich so wahnsinnig eilig. Schon daß ich gestern abend hierbleiben mußte, war eine Katastrophe. Da hab' ich angerufen, aber daß ich nun den verkehrten Zug... Ja, wenn Lottchen Eisenbahn fährt!« sagte sie und sah dabei so jungmädchenhaft schuldbewußt und gleichzeitig ergeben-belustigt aus, daß er ihr am liebsten einen Kuß gegeben hätte. Er tat jedoch etwas anderes.

»Warte«, sagte er und stand auf. Grade kam der Kaffee. Als sie die Tasse seufzend absetzte, trat er grade wieder aus der Tür »Telefon« heraus.

»Ich fahr' dich hin«, sagte er schlicht und setzte sich wieder. Sie guckte verblüfft.

»Wieso?«

»Ach, dich muß man bringen. Immer gehen die Züge anders, als du sie brauchst. Weißt du noch, damals in Westfalen? Die gesamte bundesdeutsche Eisenbahnverwaltung schien sich gegen dich verschworen zu haben.«

Sie wußte es noch, und sie lachten beide und kamen vom Hundertsten ins Tausendste. Endlich packte er den roten Faden des Gesprächs wieder und erklärte:

»Ich fahre dich mit dem Wagen heim. Hast du schon eine Karte? Es hilft nichts, du mußt sie verfallen lassen.«

»Du besitzt ein Auto?« staunte Lottchen großäugig.

»Ich besaß es. Aber ich kann es mir noch mal borgen. Ich habe es an einen Kommilitonen verkauft, der es mir heute, dir zu Ehren, wieder zur Verfügung stellt. Wie ist es, gnädige Frau?«

»Du bist ein Schatz!« sagte Lottchen und strahlte. Ach, sie konnte noch strahlen wie damals, so glücklich und so gläubig. Immer war sie gläubig gewesen, Peer hatte sich oft geärgert, wenn seine lieben Mitschüler sie immer wieder betrogen, ihr Schnippchen schlugen und beispielsweise nachts ausbüchsten, wenn sie soeben glühend von ihr verteidigt worden waren: ›Ihre Jungen büchsten nicht aus.‹

›Die mit den sechzig Söhnen‹, hatte er sie genannt, und er erzählte das jetzt. Sie lachte.

»Dabei hab' ich nur zwei Töchter!«

»Und sechzig Söhne, das heißt, sechzig reicht nicht«, meinte er eifrig. »Es wechselt ja, jedes Jahr kommen welche dazu. Ach Lottchen – du weißt ja, wir nannten dich unter uns nie anders – und nun darf ich auch zu dir so sagen –, Lottchen, du bist für mich die Frau gewesen, *die* Frau, und wenn meine eigene mich nicht in vielem an dich erinnerte...« Und nun fing er an zu erzählen. Frau Gerstenberg hörte freundlich gerührt zu. Später gingen sie miteinander los und holten die uralte »Zitrone«, und Frau Oberstudiendirektor stieg ein und fand es tapfer »wundervoll«, als sie losfuhren, mit entsetzlichem Getöse; das Geräusch eines Sattelschleppers glich dagegen dem behaglichen Schnurren eines Katers.

»Du wirst enttäuscht sein, Peer«, sagte sie nach einer Weile, als sie das schöne Lahntal bereits hinter sich gelassen hatten und der Wagen immer noch lief. Bis dahin hatte sie eigentlich fest damit gerechnet, daß sie hängenbleiben würden.

»Wir wohnen nicht mehr in dem alten Haus. Aber das weißt du ja sicher längst.«

»Natürlich weiß ich, daß ihr gebaut habt, aber ich dachte, das neue Heim sei schöner?« fragte Peer. Sie hob die Schultern.

»Es ist auch schöner. Aber...« Und nun kam sie ins Erzählen. Peer hörte zu, sehr genau, genauer als ein nur »Ehemaliger« zugehört hätte. Seine Mutter hatte ihn damals – in der berechtigten Annahme, eine berufstätige Frau könne einen einzigen Sohn nicht so gut erziehen wie ein ordentliches Jungeninternat – in diese Schule gesteckt, in der er auch Abitur machte. Das Schulhaus von damals war ein uralter Fuchsbau mit verzwickten Gängen, mehreren Außentüren und so alten und unübersichtlichen Räumen, daß manche abgesperrt waren wegen Einsturzgefahr, manche aber von den Bewohnern erst nach anderthalb, zwei Jahren überhaupt gefunden wurden. Nur so idealistisch gesinnte Menschen wie die beiden Gerstenbergs konnten es fertigbringen, daraus eine Schule »mit Herz und Hand« zu machen. Sie selbst wohnten in einem kleinen Blockhaus daneben, das nur zwei Zimmer und keinerlei Nebenräume aufwies, Lottchen kochte im Keller, und unvermeidliche Besuche eines Kämmerchens mit Ziehkette waren nur im Haupthaus möglich, was sich bei Krankheitsfällen oder Wochenbetten als nicht ganz einfach erwies, vor allem nachts. Jetzt also hatte der Staat ihnen ein Schulhaus erstellt, wie man es sich träumte: mit einem großen Eßsaal und

Glastüren, mit Aquarien im Flur, Dreierzimmern und einer Musikhalle – und die Atmosphäre war hin.

»Nicht ganz, das mußt du nicht denken«, sagte Lottchen und versuchte, sich selbst einzureden, was sie so gern glauben wollte, »es sind auch ein paar nette Jungen unter den Schülern – wenige, aber doch einige. Nur die Lehrer – ach ja, damals...«

Immer wieder kam sie auf »damals«. Damals hatte man gehungert und gefroren und Gott jeden einzelnen Abend angefleht, einen vor Feuer zu bewahren – die alte Bude wäre rettungslos hin gewesen beim kleinsten Stubenbrand. Damals gab es einen stimmgewaltigen Chor unter dem alten, großartigen Kantor, damals wurde Shakespeare gespielt und ein Marionettentheater gebastelt, auf dem das Puppenspiel ›Faust‹ über die Bühne ging, damals gab es Feste mit der entsprechenden Mädchenschule aus dem Nachbarort, damals feierten die Jungen ihres Lottchens Geburtstag mit Kuchen und Ständchen, damals war es verrückt und herrlich und unmöglich in der Schule gewesen. Jetzt...

»Kannst du dir vorstellen, daß wir keinen Referendar bekommen, der bei uns Schuldienst macht?« fragte Lottchen bekümmert. »Alle sind schon verheiratet, wie jung auch immer, und wollen mittags um eins die Tür hinter sich zumachen. ›Wir haben noch Korrekturen‹, sagen sie und entschwinden – als ob Friedel keine hätte! Den Krankendienst mach' ich schon jahrelang, weil wir ja keine Heim-Mutter mehr bekommen, und alle Aufführungen auch, mit Friedel zusammen. Jetzt war wieder Stiftungsfest ... was glaubst du, wer geholfen hat? Nicht einer vom Kollegium. Die Einladungen hat schließlich ein Schüler geschrieben und verschickt – ja, hast du keine bekommen? Also das finde ich unglaublich.«

Peer schwieg. Er war mit dem lautstarken Wagen beschäftigt, der sich ja nicht so leicht fuhr wie ein Rolls-Royce, wie er entschuldigend sagte. Dies allein aber war es nicht. Ihm ging vielerlei durch den Kopf, an dem Lottchens kummervolle Erzählungen schuld waren.

Sie kamen an. Friedel, der Oberstudiendirektor Friedrich Gerstenberg, begrüßte Peer in wirklicher Freude und nahm ihn gleich mit in das neue Gebäude, während Lottchen ihrem eigenen Haus zulief. Sie wollte Peer zu Mittag als Gast bei sich sehen, wie sie noch rief, und winkte im Davonspringen. Sie sprang noch immer wie früher, jung und lebenslustig.

Peer und Gerstenberg wanderten durch das Schulgebäude. Ja, es war großartig, modern und schön. Im Eßsaal bunte Tische, eine Bühne für die Aufführungen an der Längsseite, mit Vorhang abzutrennen, ein Podium für die Kapelle. »Wir tanzen hier, Platz haben wir ja jetzt genug«, sagte Friedel und öffnete die nächste Tür, »hier ist der Raum, in dem die Eltern ihre Beschwerden vorbringen können. Du siehst, es ist an alles gedacht.«

»Ach ja. Und wo beschweren *Sie* sich?« fragte

Peer, der den andern genau verstand. Friedel Gerstenberg lachte.

»Erstens solltest du jetzt auch du zu mir sagen, wenn du schon meine Frau duzt«, sagte er vergnügt, »ich habe es genau bemerkt, Verruchter. Und achtens und neuntens steht es zwar einem Referendar zu, sich zu beschweren, ist man aber erst auf der Stufenleiter der Beförderung hinaufgeklommen, dann bleibt einem diese Möglichkeit verschlossen. Ich suche den Grund für die Veränderung unserer Schule demnach in der eigenen Brust.«

»Zu Unrecht!« begehrte Peer auf. »Was die Schule war, damals, als ich darin lebte, verdankten wir Ihnen, Verzeihung, dir, und Lottchen. Nur und nur. Daß es jetzt anders ist, schwerer...«

»Muß es eigentlich schwerer sein, wenn es äußerlich leichter wird?« fragte Friedel mit nachdenklich gekrauster Stirn. Peer sah ihn an und verstummte. Ach ja, ach ja.

›Vielleicht denken wir auch eines Tages, wenn wir arriviert sind, Maike und ich, an jetzt zurück und meinen, das sei die schönste Zeit unseres Lebens gewesen‹, wehte es fast unmerklich durch ihn hin. Aber er verwahrte sich dagegen. Nein, so doch nicht. Dazu war ihre eigene Lage zu ernst.

»Ich kann mir gar nicht vorstellen, daß die Schüler eine Veränderung merken«, sagte er tapfer. »Die Zeiten haben sich geändert, das ist es. Die Zeiten...«; er verstummte. Auch Gerstenberg schwieg. Sie gingen ein wenig geistesabwesend durch die

Korridore mit den vielen Blattpflanzen an den breiten niedrigen Fenstern.

»Und hier wohnt der Referendar, oder sollte er wohnen«, sagte Gerstenberg und öffnete die Tür zu einem sehr hübschen kleinen Raum mit Kochnische und daneben liegendem Badezimmer. »Hier sollte, müßte oder dürfte er wohnen, aber wir haben keinen, der Gebrauch davon macht. Dabei ist der Dienst wirklich erträglich, erstens stecke ich selbst meine Nase überall hinein, das weißt du ja noch, und trage alle Verantwortung selbst. Ich habe nun einmal die Erfahrung gemacht, daß niemand so gut aufpaßt wie der Direktor persönlich. Und zweitens sind viele freie Stunden vorgesehen für Referendare, sowieso. Sie sind ja noch in der Ausbildung. Ganze Nachmittage lang also kann der junge Mann hier sitzen und sich weiterbilden, lesen, oder arbeiten, falls er die Absicht hat; während die Schule geschlossen ins Schwimmbad geht, mit Friedel Gerstenberg an der Spitze, der das Schwimmen nicht lassen kann, und winters das Schi laufen... und noch und noch...«

›Ganze Nachmittage...‹ Peter sagte nichts. Auch Gerstenberg schwieg taktvoll. Sie dachten beide dasselbe.

Sie dachten es noch, als sie gemütlich im Herrenzimmer des kleinen Direktorhauses saßen und eine Zigarette vor Tisch rauchten, und bei Tisch dachten sie es erst recht. Bis Lottchen endlich todesmutig das Schweigen durchbrach und sagte:

»Und wenn du kämst? Peer! Wir wären himmlisch glücklich!«

»Ich auch!«

Hatte er das wirklich gesagt? Er wußte es später nicht mehr, denn im selben Augenblick überstürzten sich die Ereignisse. Die Tür flog auf, und eine Schülerin, vielleicht Untersekunda, in langer, enger Hose, schlank wie eine Zwölfjährige, wurde, so hatte man den Eindruck, hereingeschleudert. Sie war nicht zum Anklopfen gekommen und bremste ihren ungeheuren Schwung an der Lehne von Friedels Stuhl, atemlos.

»Herr Direktor, Arnold und Hannes – sie schlagen sich tot!« jappte sie, und ihr hübsches Gesicht, von dunklem, glattem Haar knapp eingerahmt, spiegelte Panik. Die drei Erwachsenen sprangen gleichzeitig auf, keiner von ihnen zweifelte am Ernst dieser Geschichte.

Die Seitentür des Haupthauses stand noch offen. Peer war als erster dort, Blitzstarts waren schon immer seine Stärke gewesen. Auf dem spiegelnd blanken Fußboden des Korridors rollten zwei große Jungen, verbissend kämpfend. Man hörte nichts als den schnellgehenden Atem der beiden und das Aufschlagen von Kopf oder Ellbogen, wenn der eine den anderen zu Boden stieß. Niemand sonst war anwesend, die andern Jungen wohl alle im Speiseraum.

»Aufhören!« hörte man jetzt Friedel Gerstenbergs Stimme, der hinter Peer als zweiter gekommen war. Gleich hinterher kam Lottchen gelaufen. Die beiden nahmen keinerlei Notiz davon. Peer beugte sich hinunter und riß den würgenden Griff des einen vom Hals des andern. Es war höchste Zeit, denn dessen Gesicht lief bereits dunkelrot an. Gleich darauf klatschte es zweimal, gut gezielt und getroffen. Im nächsten Augenblick löste sich der Knäuel und fiel sozusagen auseinander; beide Jungen ließen los, verblüfft über den Eingriff des Dritten. Diesen Moment nahm Peer wahr. Er packte beide an je einer Schulter und schleuderte sie auseinander, sie rutschten auf dem glatten Boden ein Stück, und er stand nun zwischen ihnen als Prellbock ihrer Wut.

»Aufstehen«, befahl er halblaut. Sie gehorchten, nicht blitzschnell, sondern langsam, sich sozusagen zusammensuchend, der eine wischte sich die blutende Nase mit dem Ärmel ab, sah aber, daß sie weitertropfte, der andere brachte seinen Hemdkragen in Ordnung. Schließlich standen sie beide, einigermaßen aufgerichtet, und sahen verbissen aneinander vorbei, während das Mädchen sich, so gut es ging, hinter Lottchen hielt. Lottchen schimpfte jetzt; ihre zornige Stimme tat seltsam wohl, alle Anwesenden hatten dasselbe Gefühl und atmeten insgeheim auf.

»Seid ihr denn noch Hosenmätze, daß ihr euch prügeln müßt«, sagte sie zornig, trat zu dem einen und wischte ihm das Blut von der Oberlippe. »Solche Kindereien – und damit verderbt ihr uns das Mittagessen mit Gästen!«

»Was gab's denn?« brummte der andere. Peer platzte heraus. Diese Antwort des Jungen wirkte so ungeheuer komisch in der gegenwärtigen Situation, daß er vor Lachen losbrüllte, eigentlich ganz gegen seine Gewohnheit. Er war sonst ein mehr abwartender, eher amüsiert zuschauender Mensch, jetzt aber lachte er so spontan, daß auch Lottchen loslachte. Und dann lachten sie plötzlich alle, auch die beiden Jungen, und alles war gut.

»Du gehst jetzt essen«, befahl Gerstenberg freundlich dem einen, dem, der nicht blutete. »Geh durch die Tür an der Durchreiche, da fällt es nicht so auf. Und du«, zu dem anderen gewandt, »marsch ab, ins Zimmer. Langlegen und was Kaltes unter den Nacken. Ab dafür. Du, Tamara...«

»Kommst mit uns«, entschied Lottchen und hakte das junge Mädchen unter. »Gegessen hättest du wohl jetzt doch nichts, aber Nachtisch kann nie schaden. Der kühlt. Ihr steht wohl alle ein bißchen unter Überdruck.«

Die Stühle standen kreuz und quer, und die Servietten hingen über den Stuhllehnen. Friedel setzte sich nicht erst wie die andern, sondern holte eine Flasche Wein, die er vorher kühl gestellt hatte, und entkorkte sie, während er vor sich hinbruddelte von Unfug und Eifersüchtelei, und man könne um ein Mädchen ja auch anders kämpfen.

»Schließlich sind sie ja keine jungen Elche, die blöden Affen«, knurrte er. Und da mußten sie allesamt wieder lachen. Tamara ließ sich Kompott aufgeben und schleckte es mit der Grazie einer jungen Katze, die Sahne statt Milch bekommt, und Peer lachte heimlich das Herz. Er hatte von jeher ein geradezu kritikloses Entzücken für temperamentvolle Jugend empfunden, sowohl für Jungen wie für Mädchen. Hier war es um Tamara gegangen, um sie hatten die beiden gerauft, sie wußten es alle, und keiner sprach es aus, es war, als achteten sie ein ungeschriebenes Gesetz.

»Ich wußte gar nicht, daß ihr auch Mädchen habt«, sagte Peer nach einer Weile. Lottchen erklärte:

»Natürlich nur Externe, wohnen tun keine hier. Aber manche sind den ganzen Tag bei uns, weil die Eltern berufstätig sind oder zu weit wohnen oder was weiß ich. An sich finde ich es gut, daß wir beides haben, nur darf es nicht zu oft zu solchen Spektakeln kommen...« Sie ließ den Satz offen. Tamara schlug die Lider mit den breiten, dunklen Wimpern – waren sie echt? Peer konnte es nicht erkennen – ostentativ nieder und sah ihren Kaffeelöffel an, mit dem sie aß, als gäbe es auf der Welt nichts Interessanteres und Besehenswerteres als ihn. Peer lächelte.

»Wirst du dir's überlegen, ob du kommst?« fragte Friedel Gerstenberg und hielt Peers Hand. Sie standen am Wagen. Peer sah dem Älteren in die Augen.

»Ob ich möchte, brauch' ich nicht zu überlegen«, sagte er und zuckte ein wenig mit den Mundwinkeln. »Mögen tu' ich auf jeden Fall. Und wie! Ach Friedel...«, er nahm seine Hand aus der des andern und wandte sich schnell dem Auto zu. Gerstenbergs

Gesicht trübte sich. Er wollte einen Schritt zurücktreten, da aber stand Lottchen. So ging er, eigentlich seiner Natur entgegen, zwei Schritte vor und beugte sich zum Autofenster.

»Peer, es wäre so schön! Und gut! Auch für dich. Du hättest Ruhe... Wenigstens bis zu den großen Ferien, ja? Überleg es dir noch mal.«

»Ich schreib' euch.«

Der Wagen rasselte los. Peer hupte und winkte aus dem Fenster. Dann sah er verbissen nach vorn.

Du hättest Ruhe. Wenigstens bis zu den großen Ferien. Verdienen würde ich auch. Ach ja, ach ja. Und – darüber war er sich auch klar – Maike hätte mehr Ruhe ohne ihn. Sie könnte sich ganz dem Studium und dem Jungen widmen, brauchte gar nichts mehr für ihn zu tun; sie könnte laut lernen, das Mittagessen überspringen, zu Hause im Bademantel herumlaufen – so wenigstens machte er es, wenn er allein war. Dies alles sah er sehr deutlich. Und die alte, geliebte Schule lockte, lockte.

Es gab sicher nicht viele so nette Schulen, auch wenn Lottchen dem »Damals« nachseufzte. Auch heute noch war dieses Internat so herzerfrischend heiter im Ton und so voll fröhlicher Menschlichkeit, daß es ihm ungeheuer schwerfiel, nicht hinzugehen. Aber er wußte im tiefsten Herzen, daß er nicht hingehen würde, nicht jetzt. Aller Vernunft zum Trotz – er ließ Maike nicht allein. Nicht auf diesem verlorenen Posten. Wenn es auch zehnmal falsch war.

Ob es falsch war, darüber konnte er sich nicht ganz klar werden, obwohl er die ganze Zeit darüber nachgrübelte, während er fuhr. Jeder, so meinte er, jeder und jede, die er fragen könnte, würde ihm raten, dieses Angebot anzunehmen. Aus der Windel- und Baby-Atmosphäre zu fliehen und damit seiner Frau sogar einen gewissen Gefallen zu tun. Wäre es nicht gut, wenn er verdiente, schneller mit seiner Arbeit vorankäme und bereits einen von ihm ersehnten Beruf anfinge? Natürlich wäre es gut. Aber er würde es nicht tun – je länger er fuhr, desto genauer wußte er es. Man verließ einander nicht, auch wenn es unvernünftig aussah. Es gibt eine Vernunft des Herzens, die kein Außenstehender sehen und begreifen kann. Das, was Maike jetzt in ihrer gegenwärtigen Situation brauchte, war seine tägliche Gegenwart, sein Aushalten, seine Freundlichkeit. Seine Herzenswärme. Er vermochte nicht, ihr dies zu entziehen.

Eins hoffte er: daß sie es nie erfahren möge, denn es *war* unvernünftig, er sah es selbst kummervoll ein. Aber dieser Wunsch ging nicht in Erfüllung. Maike erfuhr es sogar sehr schnell, durch den Besitzer des Wagens, den sie ein paar Tage später zufällig traf, und der in großen Zügen über Peers Fahrt in sein altes Internat Bescheid wußte. Sie hörte sich alles an, tat, als sei es ihr nichts Neues, und verabschiedete sich freundlich-gleichmütig. Auf dem Heimweg hielt sie plötzlich inne und trat in einen fremden Hauseingang. Dort setzte sie sich auf die zweitunterste Treppenstufe und legte die geballten Fäuste auf die Knie, senkte das Gesicht mit den geschlossenen Augen darauf.

Nicht heulen. Nicht heulen. Es werden im Leben Situationen kommen, die schlimmer sind und in denen du auch nicht heulen darfst – wenn Kay eines Tages nichts mehr von dir wissen will und mit seinen Kameraden wegläuft oder wenn eins von uns schwer krank wird. Spar dir die Tränen, nimm dich zusammen. Trainier, die Zähne zusammenzubeißen, du wirst es können müssen im Leben... Peer. Daß er blieb. Daß er *nicht* ging. O Peer. Und wie schwer für einen Mann, wie schwer, das konnte wohl selbst sie nicht im entferntesten ermessen. O Peer, ich danke dir.

Plötzlich heulte sie doch. Sie heulte, daß ihr Kleidsaum naß wurde. Dabei mußte sie lachen. Sie hatte die Schleuse auf einmal geöffnet, dem Druck nachgegeben, weil sie merkte: sie heulte ja nicht aus Traurigkeit, sondern vor Glück. Vor Glück, weil Peer blieb, aller Vernunft entgegen. O geliebter, unvernünftiger, einziger Peer. Danke! Es gibt Dinge, die vergißt man nie.

Sorgen, Sorgen, Sorgen. Maike, durch die viele Rennerei und das nächtliche Arbeiten erschöpft, merkte, daß der Junge nicht mehr satt bei ihr wurde. Nun, einmal muß jede Mutter abstillen, bei ihr hatte es sogar länger gereicht als heutzutage üblich, sie war dankbar dafür. Nun aber mußte sie sich erkundigen, was man an künstlicher Nahrung gab, ausprobieren, was ihm bekam, anderes versuchen, Flaschen und Schnuller besorgen und früh nach Milch laufen, denn sie besaßen natürlich keinen Kühlschrank.

»Das sind keine Sorgen, das sind Schwierigkeiten, mit denen man fertig zu werden hat«, versuchte sie sich zu sagen, aber Zeit gewann sie dadurch nicht. Peer war nicht ansprechbar; die Arbeit, auf die er sich gefreut hatte, erwies sich als viel umfangreicher, als sie ausgesehen hatte, und der Blätterstoß neben seiner Schreibmaschine wurde höher und höher. Wenn doch erst die schriftliche Arbeit abgegeben wäre! Maike sehnte den Zeitpunkt herbei, obwohl es jetzt günstig war, daß Peer, ehe es soweit war, viel zu Hause bleiben mußte. Das paßte gut; der Kleine begann nun, Kletterpartien aus seinem Wagen heraus zu unternehmen, sie mußten ein Geschirrchen kaufen und ihn angurten, und das führte zu täglich neuen Verwicklungen.

»Wir brauchen ein Ställchen, in dem er krabbeln kann«, sagte sie, als sie ihn einmal wieder entwirrt und auf die Couch gesetzt hatte. »Er krabbelt zeitiger als andere, er ist überhaupt seinem Alter voraus.«

»Wo willst du denn ein Ställchen aufstellen?« sagte Peer ungeduldig und fing ein Buch auf, das aufgeschlagen neben ihm gelegen hatte. Maike war im Vorbeilaufen daran gestoßen, viele, viele Zettel blätterten auf die Erde. »Teufel noch mal, das kostet mich eine Stunde, bis ich alles wieder richtig in der Reihenfolge hab'!« knirschte er.

»Ach, entschuldige. Kann ich gehen? Wenn er keine Ruhe gibt, gibst du ihm eben ein Stück Zwieback, daran knabbert er schon ganz richtig. Er muß bald Zähne kriegen. Freilich ißt er dann die nächste Mahlzeit schlecht...« Sie legte die Zwiebacktüte in Peers Reichnähe und verschwand. Peer merkte es nicht einmal, er war schon wieder ganz in seine Arbeit vertieft.

So konnte es nicht weitergehen! Maike sagte sich das schon eine ganze Weile, aber sie wußte nicht, was tun. Das Fahrrad hatte keine Luft im Hinterrad, Pumpen half nichts, sie mußte laufen. Beinah kamen ihr die Tränen, als sie das sah. Wegen solch einer Kleinigkeit!

Aber Kleinigkeiten, aneinandergereiht, wurden eben zu großen Pannen. Wie konnte man auch auf die Dauer alles, was sonst eine Hausfrau und Mutter ausfüllte, nebenbei erledigen: Einkaufen und saubermachen, Kind versorgen und Kopf waschen, Knöpfe annähen und Schuhe rechtzeitig zum Schuster bringen. Und dabei an die Klinik denken, abends, wenn man todmüde war, noch in die Bücher sehen, Krankengeschichten vergleichen und Testate besorgen. Eine winzige Kleinigkeit – daß einem früh das Schuhband riß oder man den Kugelschreiber nicht fand – konnte einen schon nervös machen.

Nein. Maike versuchte, sich zusammenzunehmen. Man machte einen Wirbel, kam ins Rasen;

man rannte sich halbtot und warf dabei vieles um, Dinge, die, in vernünftigem Tempo erledigt, keine Schwierigkeiten bedeutet hätten. Sie mäßigte auch jetzt ihren Schritt und versuchte, nur an die Klinik zu denken. Konzentration ist, eine Sache tun und fünfzig andere weglassen! Sie mußte sich konzentrieren, damit wenigstens ihre so heiß erkämpfte Famulation ihren Zweck nicht verfehlte.

Kaum aber hatte sie an diesem Tag die Klinik erreicht, als die Schwester an der Pforte ihr winkte.

»Sie werden am Telefon verlangt, Frau Doktor.«

Maike erschrak. Wer konnte…? Nur Peer. Lieber Gott…

»Ja? Was passiert?« fragte sie atemlos. »Mit Kay?«

»Nicht mit Kay, aber schlimm genug. Frau Hoffmann klopfte vorhin an die Wand, immer wieder, bis ich aufmerksam wurde und hinüberging. Sie muß sehr schwach sein, kann nicht aufstehen, und sie verlangt nach dir. Könntest du in diesem Fall eine Ausnahme machen und kommen? Die gute Alte hat uns so viel geholfen…«

»Ich komme«, sagte Maike, jedem Vorsatz entgegen. Sie warf den Hörer hin und rannte. Draußen traf sie auf einen Kommilitonen, der eben vom Fahrrad sprang.

»Bitte, ich muß zu einer Kranken…«, stieß sie hervor. Er ließ ihr das Rad, sah ihr nach, wie sie aufsprang und davonsauste.

»Wenn das nur gutgeht!«

Aber es ging gut. Maike kam unbeschadet durch

den jetzt herrschenden Stoßverkehr und rannte ein paar Minuten später zu Hause die Treppen hinauf. Dann aber mußte sie ihr Tempo abfangen. Behutsam klopfte sie an Frau Hoffmanns Tür und trat ein.

»Na? Was gibt's denn?«

Peer war noch im Zimmer. Maike grüßte ihn rasch mit den Augen und blieb am Bett der alten Dame stehen. Die hatte die Augen geschlossen, aber Maike sah, daß sie atmete. Kreislaufschwäche, daher auch wohl damals der Schwindel und der Sturz vom Tisch. In dem Alter nichts Überraschendes, das sagte sie sich sofort. Anscheinend sonst nichts Besonderes, kein Fieber jedenfalls, keine Infektion.

Sie gab Peer einen Wink: Krankenwagen, hieß das. Er ging. Und dann rollte alles ab, wie sie es bei anderen, ihr weniger vertrauten Patienten oft erlebt hatte: Bahre, freundlich-rauhes Gebrumm der Männer, die nur schwer um die Kurve der Treppe kamen, tröstliches Zureden der Begleitenden. Krankenwagen auf, Bahre hinein, Tür zu. Maike war mit hineingeschlüpft und hielt die Hand der alten Dame, die jetzt die Augen aufgeschlagen hatte und sie dankbar ansah.

»Ich kenn' den Professor in der Inneren, er ist prima«, hörte sie sich sagen. »Ich hab' dort einen Schein gemacht. Sie werden Spritzen bekommen und sind in bester Hut, und alles wird besser. Strophanthin haben Sie noch nie bekommen? Na also, da werden Sie sehen, wie Ihr Herz anspringt!«

Dasselbe sagte sie zu Peer, als sie nach einiger Zeit

heimkam. »Keine akute Gefahr. Früher war man dann eben alt genug und starb an Herzschwäche. Heute kann man das hinausschieben. Bei so einer Frau wie Frau Hoffmann, die noch so tätig ist, ein Glück, bei vielen keins. Aber ich glaube, sie kommt über den Berg.«

»Hoffen wir es. Und wie lange wird sie bleiben müssen, was denkst du?«

»Ganz unbestimmt. Vielleicht lange. Vielleicht kurz. Vielleicht brauchen sie das Bett bald wieder...«, hörte er Maikes Stimme. Sie stand hinter ihm und zog den Kleinen um, der auf dem Wickeltisch lag. Der wehrte sich und strampelte. Maike beugte sich über ihn und legte ihr Stirn einen Augenblick neben ihn aufs Kissen, während sie die Augen schloß. Peer hatte sich umgewandt und sah die beiden Köpfe nebeneinander, deren Blondheit sehr verschieden war. Seidig schimmernd das des Jungen, streifig und ein wenig stumpf das der Mutter. Es war das erstemal, daß ihm das auffiel. Maike hatte ihr Haar früher immer sehr gepflegt, mit Kamille gewaschen und so lange gebürstet, bis es den Glanz alter Seide bekam.

Auch ihr Gesicht war verändert, als sie es jetzt hob und fortfuhr, den Kleinen zurechtzumachen. Er sah es unauffällig an. Die Schläfen waren eingefallen und dunkel, die Wangen straff und ohne die schimmernde Weichheit, die ihn früher heimlich entzückt hatte. Noch spannte sich die Haut glatt darüber, aber an den Mundwinkeln bildeten sich kleine Kerben, und die Lippen wirkten blaß und wie zu wenig durchblutet.

»Maike«, sagte er leise, er rief es eigentlich mehr als er es sagte, es klang zärtlich und ein wenig angstvoll. Sie schüttelte ein kleines bißchen den Kopf und drückte die Augen zu, und er sah, wie es naß durch ihre Lider drang, die Wimpern entlanglief und auf das Frottiertuch des Wickeltisches tropfte, wo es versickerte.

»Maike, Liebes…« Er war aufgestanden und umfaßte ihre Schultern. Und dann sagte er all das, was er bisher noch nie gesagt und was sie so gern hatte hören wollen: daß noch alles gut werde, daß sie ja beisammen seien, daß Frau Hoffmann doch noch lebte – und daß im Krieg alles viel, viel schlimmer wäre. Daß er dies alles sagte, ließ sie deutlich fühlen, wie weit weg auch für ihn im Augenblick alle Hoffnung war, noch daran zu glauben.

»Ja, Peer, ja. Freilich. Klar«, schnupfte sie, als der Kleine vergüngt krähend mit seinen Beinchen gegen ihren Bauch trat. »Komm, du Strampelpeter, jetzt hab' ich aber genug.« Sie setzte ihn in den Wagen und gurtete ihn an. Ihre Stimme hatte seltsam leer geklungen, blechern, scheppernd.

»Natürlich geht das Leben weiter, auch wenn Frau Hoffmann jetzt für eine Weile ausfällt«, sagte sie ganz vernünftig.

An einem Sonntag Ende Oktober beschloß Maike, alles stehen und liegen zu lassen und ein Stück zu laufen, gleichgültig, was an ungetaner Arbeit hinter ihr lauerte. Peer saß an der Reinschrift seiner Doktorarbeit, gottlob schon daran, die Schlacken fielen. Ihn durfte sie heute nicht anreden, das hatte sie sicher im Gefühl. Den Jungen konnte sie ihm auch nicht aufhängen. So beschloß sie, diesen bei Elisabeth abzuliefern, die ihr oft angeboten hatte, ihn für Stunden zu übernehmen, nur war es sehr weit bis zu ihr und lohnte an einem gewöhnlichen Wochentag nicht.

In ein paar Tagen begannen wieder die Vorlesungen. Maike versuchte, daran vorbeizudenken. Es war so gut wie unmöglich, allen Anforderungen nachzukommen, die an einen gestellt wurden. Seit Frau Hoffmann im Krankenhaus lag, lebten sie wie in einem erst langsamen, dann immer schnelleren Erdrutsch, so kam es ihr vor. Sie stemmte und stemmte sich dagegen, versuchte aufzuhalten, was unaufhaltsam unter ihr rann und bröckelte, aber sie vermochte es nicht. Würde sie wirklich aufgeben müssen?

Wahrscheinlich. Es ging eben nicht, man konnte nicht beides haben, das Kind und die Arbeit. Man mußte sich entscheiden. Entweder – oder. Was ist dir wichtiger? Sieh dem ins Gesicht!

Und sie konnte noch von Glück sagen. Sie konnte heim mit dem Jungen, es *gab* eine Möglichkeit, wem wurde schon so etwas geboten? Sie mußte nur die Arbeit aufgeben. Nur? Nur?

Peer würde, wenn sie es tat, vielleicht sogar

schneller mit seiner Arbeit vorankommen. Die Trennung wäre abzusehen. Aber ihr Studium war dann für immer dahin.

Und das war nicht gut. Es *war* nicht gut. Sie sagte sich das immer wieder, verbissen und verzweifelt. Hatte die Weltgeschichte nicht gelehrt, wie unverantwortlich es ist, wenn Frauen heiraten, die keine abgeschlossene Ausbildung haben? Die, plötzlich vor die Aufgabe gestellt, die Kinder allein durchzubringen, versagen, weil ihnen zwei Semester fehlen? Hundert-, tausendmal hatte man das erlebt. Frauen, die in die Krankheit flüchteten, weil sie nicht fähig waren, nicht gerüstet, dem Leben zu begegnen, die wirklich organisch krank wurden. Und sie, die ihre Arbeit so heiß liebte, sollte sie abbrechen? Sollte aufgeben, so kurz vor dem Ziel?

»Ich tu' es nicht, ich tu' es nicht«, knirschte sie, während sie den Kinderwagen vor sich herschob wie einen Sturmbock, wieder einmal in einem Tempo, das ihr den Atem nahm. Bei ihr mußte ja alles mit Wucht gehen, sie konnte sich nicht mäßigen. »Ich tu' es nicht, ich mach' Examen. Einmal wird Frau Hoffmann ja wiederkommen...«

So bald freilich würde die freundliche Wirtin nicht wieder gesund sein. Und dann wahrscheinlich nicht mehr halb so aktiv wie bisher. Dann so, daß man froh sein mußte, wenn sie imstande war, für sich selbst zu sorgen. Ein Kind beaufsichtigen, einen wilden, schweren, gesunden Jungen, der einem selbst Mühe machte, wenn man ihn auf dem Arm hielt, daß er einem in seiner Vitalität und Beweglichkeit nicht herunterflog – unmöglich. Nie. Vorbei.

»Was, du, Maike? Heute, bei dem Wetter? Und mit dem Nachwuchs im Fruchtkörbchen?« hörte sie rufen – Maike war in ihrer wilden Entschlossenheit an dem Haus vorbeigerannt, das ihr Ziel bildete. Wie erwachend hielt sie an. Elisabeth kam zu ihr gelaufen, ihren Jüngsten auf dem Arm. »Grüß dich, Maike. Aber wie siehst du denn aus! Ist was passiert?« fragte sie erschrocken.

»Nein, nein.« Es tat gut, sich ins Haus ziehen zu lassen, es war wunderbar, zu sehen, wie Uwe mit dem Gewohnheitsgriff des modernen jungen Vaters Kay aus dem Wagen hob und in das Ställchen setzte, das im Wohnzimmer stand.

»So, da bist du erst mal aufgehoben...«

Und es tat unbeschreiblich wohl, von Elisabeth eine Tasse heißen Kaffee zu bekommen, kaum daß man saß.

»Danke. Vielen Dank. Ach ja, etwas dreckig geht es uns zur Zeit schon. Wolkig, strichweise Regen...«, sie versuchte, so zu sprechen, wie sie es sonst getan hatten, leichthin und nicht ganz ernst. Elisabeth schob ihr ein fertiggestrichenes Brot zu.

»Da, iß erst mal. Strichweise Regen – freilich. Ist ja gar nicht anders möglich. Du strampelst wohl nur noch, um am Leben zu bleiben.«

»Ungefähr so.« Maike versuchte zu lachen. »Deshalb bin ich gekommen. Ich muß mal ordentlich laufen, die Lungen auslüften und die Batterie wieder aufladen. Ehe es in der Uni wieder losgeht... Kann ich den Prinzen hierlassen, wirklich? Wäre wunderbar.«

»Klar. Gern. Bylle ist wie verrückt hinter kleinen Kindern her, du siehst ja, sie hat ihn bereits mit Beschlag belegt. Ja, das hat sie nicht von mir. Ich bin gerannt, wenn man mir Kinder zum Hüten oder Ausfahren aufhängen wollte. Das muß von Uwe her vererbt sein. Ich sag' immer, das beste Kindermädchen, das ich je hatte, ist Uwe...« schwatzte Elisabeth, die nie eine Hilfe, geschweige denn ein Kindermädchen gehabt hatte, und goß neuen Kaffee auf. Ihr kam es vor allem darauf an, daß Maike sich fing, bevor sie womöglich nachgab und zu weinen anfing.

»Du kannst aber auch gern hierbleiben und dich nebenan hinlegen«, sagte sie nach einer Weile. »Kannst du ermessen, mit welcher Genugtuung uns das Wörtchen ›nebenan‹ erfüllt, nachdem wir Jahre und Jahre keins hatten? Ach ja, du kannst dir das vorstellen! Vielleicht schläfst du ein paar Stunden, das wäre auch gut.«

»Nach so einem Kaffee nicht«, sagte Maike dankbar, »und ich laufe wirklich lieber. Du bist prima, Elisabeth. Paß auf, ich komme wieder wie neugeboren. – Gegen Mittag kannst du ihn abservieren, da beglückt er einen mit einem mindestens zwei Stunden langen Schlaf.«

»Geht schon in Ordnung«, sagte Elisabeth und goß ihr neu ein. »Lauf, solange du willst, und laß dich durchpusten. Es ist ja herrlich draußen, jedenfalls so, wie ich den Herbst liebe.«

»Ich auch. – Weißt du, ich kann ja gleich mal zu Marlies von Buch rausrennen«, sagte sie später. »Ich hab' sie ewig nicht gesehen. Als ich das letzte Mal anrufen wollte, meldete sich niemand. Dann hab' ich es wieder verbremst, wochenlang, nein, ein paar Monate – es ist eine Schande, wahrhaftig. Und gestern versuchte ich es wieder, da pfiff es melodisch im Hörer, und dann verkündete eine Stimme auf Band, die Nummer sei gelöscht. Ob Marlies' Bruder Pleite gemacht hat, daß sie ihm das Telefon sperren?«

»Weißt du was? Wir holen dich ab«, schlug Elisabeth vor. Ihr gefiel Maikes Aussehen gar nicht, aber das sagte sie natürlich nicht. »Oder einer von uns kommt raus, wir haben Muck ewig lange nicht gesehen. Und den Jungen müssen wir auch endlich mal anschauen.«

So wurde es denn verabredet. Und Maike fühlte sich wirklich bereits getröstet und erfrischt, als sie davonmarschierte, nach einem zärtlichen Abschied von Kay, der sich gar nichts draus machte, sondern eifrig dabei war, Bylles Teddy die Augen auszubohren. Elisabeth sah ihr nach, ein wenig bedenklich, Uwe aber zog seine Frau ins Haus zurück.

»Laß sie. Sie muß durch, wie wir durchgemußt haben. Daß sie uns den Jungen gebracht hat, finde ich sehr vernünftig. Maike ist aus gutem Holz, die schafft es.«

»Ach ja. Aber mühsam – mühsam ist es schon«, sagte Elisabeth leise und so ernst, wie man es bei ihr gar nicht gewöhnt war.

Je näher Maike der Gärtnerei kam, desto langsamer ging sie. Seit dem vergeblichen Anruf fühlte sie eine Beklommenheit, wenn sie an Muck dachte, die sie nicht wahrhaben wollte. Deshalb vor allem hatte sie sich heute aufgemacht. Sie hätte sich um Muck kümmern müssen, längst. Wenn ihre Zeit nur nicht so knapp und kostbar wäre. Das aber war keine Entschuldigung. Wie hatte sie einmal gelesen? ›Was wir Böses tun, wird uns Gott in seiner unendlichen Güte vielleicht einmal verzeihen. Was wir aber Gutes zu tun unterlassen haben, ist unverzeihlich.‹

Ach ja, die Unterlassungssünden. Keiner ist frei davon. Hoffentlich konnte sie nun einiges nachholen. Was kann man nachholen im Leben?

Da lag die Gärtnerei. Maike blieb vor dem Wohnhaus stehen und spähte über das kleine Gartentürchen. Alles sah öde und verlassen aus, fand sie – das aber ist bei Gärtnereien im Herbst wohl immer so. Sie holte tief Atem und läutete.

Stille.

»Hallo?« rief sie halblaut. Ihre Stimme klang unsicher, sie hörte es selbst und wiederholte herzhafter:

»Hallo? Niemand da?«

»Doch – ach, du bist es, Maike – du liebe Zeit ...« Gott sei Lob und Dank, Mucks Stimme! Und gleich darauf die ganze Muck selbst, die aus der aufgestoßenen Haustür guckte, merkwürdigerweise mit einem weißen Mützchen auf dem Kopf und in einem bekleckerten Kittel. »Ich streiche. Die Schweinerei ist eine grandiose. Bist du allein? Dann tritt ein.«

»Danke. Menschenskind, sieht das aus...« Maike war auf einiges gefaßt gewesen, auf das nicht. Im Flur standen Möbel, aufeinandergetürmt, dazwischen kroch Olav der Jüngere herum, nicht weniger beschmiert als seine Mutter. Auf der Couch saß der Kater, aufrecht wie eine ägyptische Statue, und sah mit undurchdringlichen Augen in das Chaos. Muck schubste einen Karton von dem Stuhl, der als einziges Möbelstück noch im Zimmer stand. »Setz dich, es wird gleich gemütlich!« Sie ging zum Ausguß im Flur und fing an, sich zu waschen. »Drei Wände hab' ich fertig, und drüben das Zimmer ganz. Ich wollte eigentlich nur das streichen und die Küche, aber dann fand ich, warum sollte mein eigenes dreckig bleiben! Wenn man sich schon so unwahrscheinlich einsaut, dann kann auch alles neu werden.«

Sie trocknete sich die Hände ab, klinkte dann die Tür zum Nebenraum auf und wies stolz hinein.

»Da, alles picobello sauber und schön. Da staunst du, was?«

»Wirklich, toll. Das Zimmer deines Bruders?«

»War es. Er ist fort. Rüber«, berichtete Muck. »Willst du Kaffee oder Tee?«

»Was bequemer für dich ist. Er hat es wirklich wahr gemacht? Guter Job? Ich gratuliere«, sagte

Maike. »Denn dran geglaubt hab' ich eigentlich nicht mehr. Wie findet er es drüben?«

»Bis jetzt ist er begeistert. Arbeitet ganz selbständig, hat schon ein Auto, alles bestens.«

»Wie lange ist er denn schon weg?«

»Zwei Monate etwa.«

»Und du?«

»Ich?« Muck strahlte. »Ich habe mich inzwischen ›gemacht‹. Erstens hier«, sie wies auf die gestrichenen Wände, »und zweitens auch sonst. Du darfst mir gratulieren.«

»Zum Doktor?« rief Maike unterdrückt und sprang auf die Freundin zu. Die lachte, hob aber abwehrend die Hände.

»Nein. Falsch getippt. Vielleicht kommt er auch noch mal dran, ich weiß es nicht. Aber sonst. Rate!«

»Bist du...« Maike stockte. Nein, das konnte man nicht fragen. Muck schien es trotzdem gehört zu haben.

»Verheiratet? Nein, wenn du das meintest. Ach, du rätst es nie. Deshalb, vernimm und staune: Ich habe nicht nur ein Buch geschrieben, nicht nur einen Verlag gefunden, der so todesmutig ist, es anzunehmen, sondern sogar auch einen Preis dafür gekriegt. Jawohl, du hast recht gehört, einen Preis – allerdings nicht den Jugendbuchpreis – es ist ein Kinderbuch, weißt du –, den bekomme ich erst das nächste Mal. Aber einen sehr guten, runden vierstelligen Förderungspreis für Begabte, die sich wirtschaftlich nicht allzu gut stehen, und man soll ja dem lieben Gott für alles danken.«

»Muck!« Maike war fassungslos. Muck ein Buch! Muck mit einem Preis ausgezeichnet! Muck aus dem Wasser, für eine ganz hübsche Zeitspanne jedenfalls!

»Ja, zugefallen ist mir dieses Glück nicht, ich habe tüchtig dafür geschuftet«, berichtete sie jetzt, während sie mit Tauchsieder und Kaffeekanne hantierte. »Als du damals kamst und mein Manuskript hier herumlag – Menschenskind, hatte ich einen Bammel, du würdest was merken! Oder hast du etwa doch was gemerkt? Ich hab' es niemandem gesagt, niemanden, ich fand es zu vermessen. Und dann hab' ich das Ganze noch mal weggeworfen und neu geschrieben, und dann noch mal abgetippt und verbessert – und dazwischen Martins Abreise und immer der Junge, der einen jetzt ganz nett in Atem hält. Deshalb will ich ja jetzt auch vermieten. Damit ich eine erwachsene Ansprache hab', wenigstens abends. Nur mit dem Jungen, dem man vorläufig ja nur gibt, das hält man auf die Dauer nicht aus. Seit Martin weg ist und das Telefon abgemeldet – ich wußte ja nicht, daß ich eine berühmte und lorbeergekrönte Dichterin würde, sonst hätt' ich es natürlich behalten –, bin ich manchmal beinah durchgedreht. Da fing ich an, die Wände nicht hochzugehen, sondern zu malen, und prompt kam die Nachricht, na, und wenn man so was geschafft hat, dann lohnt das Durchdrehen nicht mehr. Es wäre direkt stillos, finde ich.«

»Muck, du bist der tapferste Kerl der Welt!« rief Maike stürmisch und nahm die Freundin um den Hals, »und ich hab' mich überhaupt – überhaupt nicht mehr um dich gekümmert. Einmal, ja, da hab' ich angerufen – ach Muck, Muck! Aber von jetzt an lass' ich dich nicht mehr so lange allein.«

»Schön von dir, das soll ein Wort sein. Nun komm, komm, der Kaffee ist fertig, jetzt setzen wir uns in die neue Stube, die ich sonst natürlich nicht benütze, denn sie wird ja vermietet, mit Küchenbenützung. Aber heute setzen wir uns hinein und nehmen den elektrischen Ofen mit, da wird es ganz gemütlich, und begießen meinen Preis!«

Die Stube des Bruders – Maike war noch nie drin gewesen – war wirklich reizend geworden. Blaukarierte Vorhänge mit Bauernrosen zwischen den Karos an den niedrigen Fenstern, ein breites, altmodisches Sofa, ein dunkler Schrank, hinter dessen Leisten Muck alles, was sie an zinnernem Gerät besaß, aufgestellt hatte. Unterm Fenster eine Eckbank mit einem quadratischen Tisch davor, auf der Bank Kissen mit denselben Bezügen wie die Vorhänge. Ein richtiges Bauernzimmer, zu dem die niedrige Decke mit den schwarzen Balken hervorragend paßte. Maike sah sich, zunächst sprachlos vor Entzücken, rundum im Raum um.

»Nein, Muck, so etwas Wunderbares – und wer zieht denn hier ein?«

»Ich hab' eben erst alles fertig hier, muß noch annoncieren.« Muck deckte den Tisch. »Es ist freilich weit bis zur Uni, aber in Berlin wohnt man oft noch viel, viel weiter. Und manche Studenten haben ja heutzutage auch ein Auto. Meinst du, daß jemand sich meldet? Zimmer sind doch rar. Und was meinst du, was man verlangen kann als Miete?«

»Ob sich jemand meldet? Ein Dutzend für einen«, rief Maike, und dann sah sie die Freundin von der Seite an, vorsichtig: »Hast du wirklich noch niemanden?«

»Warum fragst du?« fragte Muck ebenso behutsam. Und dann auf einmal, fast flüsternd, als könnte sie es nicht glauben:

»Würdest etwa du – würdet etwa *ihr*...«

»Muck!« Diesmal flüsterte Maike nicht. »Wenn du wirklich – wenn du sowieso – wenn du...«

»Ich würde euch bestimmt nicht stören«, stammelte Muck, und ihre Augen schienen Maike doppelt so groß zu sein wie sonst, kreisrund aufgerissen, eisblau, »ihr würdet doch hier wohnen und ich drüben, und in der Küche würden wir uns ganz bestimmt vertragen. Abends, wenn du kommst, bin ich schon raus, und ich verspreche dir, ich lass' keinen Aufwasch mehr stehen! Das hat Martin immer so aufgeregt, manchmal, wenn er wütend war, sagte er, nur deshalb wandere er aus. Und dann wusch er geduldig ab, was da stand – als ich das Buch schrieb, weißt du. Da hab' ich manchmal einfach nicht aufhören können, wenn ich im Zuge war, und alles stehen und liegen lassen, nur den Jungen nicht... Und euern könnte ich euch doch tagsüber auch abnehmen, ich hab' doch meinen, ob man nun auf einen achtgeben muß oder auf zwei, das ist egal. Sie spielen dann allmählich auch miteinander, da ist es sogar leichter mit zweien. Und abends hättet ihr ihn dann selbst, ich meine, damit ihr nicht Angst haben müßt, ich verziehe ihn zu sehr. Freilich, viel Komfort habe ich euch nicht zu bieten, aber manches kann man ja noch anschaffen. Eine Kinderbadewanne brauchtet ihr nicht, die hab' ich, und auch sonst eigentlich alles, was so ein Gör braucht. Und frische Luft kriegen die beiden hier auf jeden Fall genug, im Sommer und auch im Winter. Spazierengefahren hab' ich Olav nie, ich lass' ihn jetzt noch draußen schlafen über Mittag, das ist er gewöhnt. Und sonst zieh' ich ihn eben dick an und lass' ihn draußen spielen oder schleif' ihn mit, wenn ich Besorgungen mache. Genauso würde ich deinen behandeln, euern, wenn...«

Sie schwieg. Es war, als fiele ihr nichts mehr ein, womit sie Maike verlocken könnte. Auch Maike schwieg. Dann hoben sie gleichzeitig die Augen und sahen einander an.

»Ob das ginge?« sagten sie wie aus einem Mund, und dann mußten sie beide lachen. Sie lachten und lachten, und Maike rief ein über das andere Mal: »Das ist die Lösung! Das ist die Lösung! Das ist das Durchhauen des Gordischen Knotens!« Und dann fing sie ihrerseits an zu erzählen. Sie sprach und sprach, sie schüttete aus, was sich in den letzten Monaten an Schwierigkeiten und Sorgen bei ihr angehäuft hatte, von Peer und seiner Arbeit, von ihrer eigenen, von ihrer Mutter, und von Frau Hoffmann und davon, daß sie nahe daran gewesen war, aufzugeben.

»Ganz nahe. Ihr habt mich gerade noch aufgefangen, erst Elisabeth und dann du. Ja, sag nichts dagegen, du natürlich vor allem, Muck. Dafür werde ich dir ewig dankbar sein. Ich sprech' mit Peer, er wird bestimmt ja sagen. Und ich könnte dir den Jungen tatsächlich über Tag lassen? Aber nur gegen eine kleine Gebühr, wie wir früher so oft sagten: nur gegen bar! Kinderhüten wird bezahlt, und es wird für uns auf diese Weise noch tausendmal billiger, als wenn wir ihn beispielsweise in eine Tageskrippe steckten. Und er brauchte nicht weg, er könnte im Haus bleiben, und früh und abends und nachts haben wir ihn selbst, so daß er uns also nicht fremd wird. Bitte, versprich, daß wir bezahlen dürfen – außer der Miete selbstverständlich –, jede Arbeit ist ihres Lohnes wert!«

»Ich verspreche es«, sagte Muck feierlich. »Über die Höhe der Gebühr einigen wir uns noch. Und wenn ich euch als sichere Mieter habe, noch dazu mit Babysitting, dann langt mein Geld noch weiter, und ich kann in Ruhe an mein nächstes Buch gehen – und später vielleicht auch an die Doktorarbeit. Für die hab' ich natürlich noch nicht einen Strich gemacht, das kann man nicht, hier in ländlicher Einsamkeit, ohne Bibliotheken und solchen Kram. Hier kann man nur ein preiswürdiges Jugendbuch schreiben – ich habe so viel an daheim gedacht, als ich den Jungen erwartete, und an meine Geschwister, auch an Mutter. Und da fing ich an zu schreiben und konnte nicht mehr aufhören ... Es ist kein nur lustiges Jugendbuch geworden, einmal hätte ich beinah alles hingeworfen.

Schwamm drüber. Jetzt ist die Hauptsache, daß du Peer dazu bringst, herzuziehen. Er hat, fürchte ich, keine gute Meinung von mir. Die Unehelichkeit meines Sprosses schmerzt ihn wohl tief?«

»Ach, Unsinn.« Maike wehrte ärgerlich und geniert ab. »Das doch nicht. Er findet nur – nur – er meint, du wärst zu stur« – vielleicht konnte man es so ausdrücken, ohne sie zu kränken –, »weil du Olav nichts gesagt hast.« Es brannte ihr auf der Zunge, zu erzählen, daß der Freund neulich dagewesen war. Aber sie schluckte es herunter. Sie kannte ja nicht einmal Olavs Adresse, was nützte es denn, wenn sie Muck davon erzählte.

Eins nach dem andern, würde Vater sagen. Sie hörte es förmlich. So schwieg sie. Muck brühte noch einmal Kaffee auf, an diesem gesegneten Sonntag, sie fand sogar noch ein paar nachgelassene Zigaretten ihres Bruders, und sie rauchten jede eine, das bedeutete ein ganz großes Fest. Dabei erzählten sie sich endlos und ohne Pause von den Heldentaten ihrer Söhne und von den Zukunftsaussichten dieser Zwecksymbiose, die einzugehen sie fest entschlossen waren und die sie sich in den schönsten Farben ausmalten.

»Du mußt Peer sagen, ich fürchtete mich nachts so schrecklich, seit Martin weg ist«, schlug Muck vor, und Maike lachte und klopfte mit dem gekrümmten Zeigefinger an die Schläfe. »Du und fürchten? Das nimmt er mir nicht ab. Aber lass mich nur machen. Der wird nicht nein sagen – Himmel, da wäre er ja verrückt. So eine Chance wird einem armen Studentenehepaar einmal und nicht wieder geboten. Da greift man zu.«

Es war schon dunkel, als Uwe kam. Maike hatte ganz und gar vergessen gehabt, daß er sie ja abholen wollte. Ach, welch hoffnungsvoller Abschied war es doch diesmal, als sie Muck die Hand drückte. Muck stand noch lange und winkte ihnen nach, ehe sie ins Haus zurückging, langsam und nachdenklich. Ob Peer...

Peer war einverstanden. Mehr noch, er war begeistert, noch mehr – er war geradezu gerührt und Muck schon im vorhinein sehr, sehr dankbar. Maike brauchte ihre Bitten und Vorschläge gar nicht erst vorsichtig in Zucker eingewickelt zu servieren, sondern sie merkte sofort, wie er bei dieser Aussicht aufatmete.

»Weißt du, ich muß mich schämen, und ich schäme mich auch«, sagte er und nahm sie heftig in die Arme. »Wer hat unentwegt zur Marlies von Buch gehalten? Du. Wer hat sie pharisäerhaft kritisiert? Ich. Und nun hilft sie uns aus der Klemme und tut dabei noch so, als wären wir es, die ihr beisprängen.

Und einen Preis für ein Buch hat sie bekommen – nein, wie man sich doch täuschen kann! Ich hab' geglaubt, sie sei ganz abgerutscht, dabei hat sie richtig gearbeitet. Ihr Bruder ist schon länger fort? Arme Muck, aber jetzt wird es anders. Maike, ich bin ein schlechter Menschenkenner, ich muß noch viel lernen. Hoffentlich fall' ich als Lehrer nicht immerzu herein.«

»Unsinn, so was lernt man. Ich verlasse mich einfach auf mein Gefühl. Und früher hast du Muck überhaupt sehr gern gehabt, du hast also ihre Qualitäten im Grunde immer gekannt«, tröstete Maike und streichelte seine helle Mähne. »Zum Friseur mußt du auch wieder, und überhaupt... Aber wenn wir erst das tolle Haus in der Gärtnerei bewohnen, Bauernstube mit Küchenbenützung, Flur und Garten, so daß die Schlamperei der Wohn-Eß-Bade-Arbeits-und-Kinderstube aufhört, dann kommen wir schon in Ordnung. Und es ist wirklich so, daß Muck sich sehr einsam gefühlt hat, jetzt kann sie sich doch auf den Abend freuen. Ach, und das Zimmer ist hübsch! Dir wird es auch gefallen! Und Kay wächst im Grünen auf, obwohl Mütterchen weiter studiert, ist es zu fassen? Und bekommt eine zweite, eine Tagesmutter, und einen großen Bruder dazu. Ach, Peer, wir müssen beide Sonntagskinder sein, daß uns so was zufällt.«

»Und Frau Hoffmann?«

»So bald wird sie sicher nicht entlassen«, sagte Maike, die auch gerade an sie gedacht hatte. »Und neue Mieter bekommt sie sofort. Wir können uns ja mal erkundigen und herumhorchen, damit jemand herzieht, der sich auch etwas um sie kümmert. So wie Mechtild oder Friedegard, die brauchen eigentlich immer jemanden, den sie betreuen und behätscheln können. – Einen Ofen hat das Zimmer übrigens auch, freilich kein Öl, sondern Kohle, einen richtigen grünen Kachelofen. Der kleine elektrische war nur Marlies' Behelfswärmer. Aber weit draußen ist es, das kann man nicht leugnen. Wir müssen eben radeln. Wann ziehen wir ein?«

»Am ersten November. Also übermorgen!« lachte Peer. Er war auf einmal wieder ihr alter Peer, fröhlich auf seine ruhige und ein wenig spöttische Art, nicht mehr verbissen still und dann plötzlich unmotiviert heftig.

»Maike, denk nicht, daß ich es dir nicht immer gegönnt hätte, fertig zu studieren.«

»Ich weiß«, sagte sie leise und schnell. »Ich weiß. Mutter im Grunde auch, auch Vater. – Aber es war – es ist – leicht jedenfalls nicht«, schloß sie, verzagt, den richtigen Ausdruck zu finden. Peer verstand sie trotzdem.

»Nein, leicht nicht. Vielleicht aber wäre ein leichtes Leben gar nicht lohnend? Ich meine: solange es nicht allzu schwer wird. So schwer, daß man aufgibt.«

»Genauso lange«, sagte Maike und schnitt eine bitterliche Grimasse. »Ich argwöhne nämlich, Peer, das mit dem leichten Leben, das gar nicht gut wäre, ist ein ›Erwachsenen-Schnack‹, wie wir immer sagten. ›Du weißt nicht, wozu das gut ist!‹ – oder ›Werd' erst einmal so alt wie ich!‹ – so, diese Art, das war mir von jeher verhaßt. Jeder bekommt es mal schwer im Leben, das wissen wir auch, aber daß man sich darüber freuen sollte, das ist zuviel verlangt. Natürlich ist was dran, daß es den Menschen, denen es immer leicht gemacht wurde, meist schlecht bekommt. Aber muß man wirklich ganz unten gewesen sein? Manche gehen ja auch daran kaputt.«

»Warst du ganz unten?« fragte Peer leise.

»Ganz nicht. Aber sehr weit. Als es immer schlimmer und schlimmer wurde, immer weniger zu übersehen und zu schaffen, jeder Tag ein Hindernisrennen, bei dem man die Hürden doch nicht nahm. O Peer, ich war sehr verzweifelt. Ist das ein Versagen?« fragte Maike kleinlaut und probierte ein zaghaftes Lächeln, das sofort wieder zerbrach. Ohne eine Antwort abzuwarten, warf sie sich Peer an die Brust. Er hielt sie fest an sich gedrückt und sagte nichts. Ihm war es ja ähnlich gegangen. Leise strich er über ihre Schultern.

»Und Olav?« fragte er nach langer Zeit.

»Ich meine: wenn Olav nun eines Tages wiederkommt und uns besuchen will, hier? Und hört, wir sind zu Marlies gezogen? Und...«

»Und hinauskommt!« fiel Maike atemlos ein.

»Ja. Was dann?«

Sie schwiegen beide.

»Vielleicht soll es dann so sein, daß sie sich endlich einmal treffen und aussprechen.«

»Ob Marlies daran gedacht hat?« sagte Maike nachdenklich. »Dann wäre es um so mehr anzuerkennen, daß sie uns aufnehmen will.«

»Oder sie wünscht es sich heimlich«, sagte Peer. »Sie hat Olav doch einmal sehr gern gehabt.«

»Gehabt? Das hat sie noch!« flammte Maike auf. »Deshalb will sie ihm doch nicht in den Beruf hineinpfuschen, nur deshalb nicht!«

»Ja. Aber vielleicht hat sie es längst bereut. Lassen wir sie damit in Ruhe, Maike. Sie muß es selbst wissen und selbst entscheiden. Vielleicht aber kann man ihr eines Tages Hilfestellung geben.«

Er lächelte, und Maike antwortete mit einem stürmischen Nicken. Weiter sprachen sie nicht davon. Maike hatte das Gefühl, ein breites Stück Boden erobert zu haben: Peer sah Muck jetzt wohl richtiger. Und das war mehr, als sie noch vor einem halben Jahr zu hoffen gewagt hatte.

›Glück ist eine Raumfrage‹, hatte Elisabeth einmal gesagt. Maike erinnerte sich genau: Sie wohnten damals noch zu viert in dem einzigen Zimmer »Am Schlag«. Der Kleine fing gerade an zu laufen, fiel dauernd hin und brüllte wie ein Löwe, wenn man ihn nicht sofort aufhob und tröstete. Bylle hatte den Nähkasten erwischt und, von der Mutter einen Moment unbeobachtet, umgeworfen und alle Nadeln verstreut, Steck- und Nähnadeln durcheinander, und begann, die Stopfgarne auseinanderzuwickeln.

Uwe saß am Fenster und versuchte sich auf seine Arbeit zu konzentrieren. Als Maike auf Elisabeths »Herein!« hin die Tür öffnete, entstand Gegenzug, und Uwes Papiere flatterten durch die Stube. Sein Fluchen – gottlob auf russisch, er war sehr sprachbewandert – ließ die Scheiben erzittern. Maike wäre damals am liebsten ausgerückt.

»Bleib bloß!« hatte Elisabeth jedoch hastig gesagt, sie wußte aus Erfahrung, daß in solchen Momenten eigentlich nur Besuch retten kann. »Bleib um Himmels willen, dann überlebe ich vielleicht...«, und Maike hatte sich zu Bylle gehockt und mit ihr zusammen versucht, alle Nadeln aufzuheben und in ein Läppchen zu stecken, damit sich die Panne nicht wiederholen konnte. Und Elisabeth griff sich ihren Sohn und zog ihm die Hose aus, was grade wieder hochnotwendig war, und dabei kam ihr die Idee, ihn in die rasch hereingeholte Badewanne zu setzen. Darin spielte er sofort mit dem Thermometer Schiffchen, wobei sein Klagegeheul in ein ebenso lautes, aber glückliches Singen überging. Und nun konnte Elisabeth ihrem Mann helfen, die weggeflatterten Papiere zu fangen und zu ordnen. Ganz plötzlich herrschte eine nicht nur friedliche, sondern sogar vergnügte und aufgeräumte Stimmung, Elisabeth schob mit dem Fuß ein paar Bauklötze unter die Couch und schloß ihre vorhin zitierte Sentenz mit dem hoffnungsvollen Satz: »Und morgen oder übermorgen haben wir auch Raum.«

»Übermorgen, eines Tages.« In Maike aber revoltierte es, als sie sich nach einiger Zeit verabschiedet hatte und heimwärts lief. Sollte das Glück, das, was doch den Inhalt des Lebens bildete, wirklich davon abhängen, ob man Raum hatte oder nicht? Dann stand es wahrhaftig auf wackligen Füßen!

Die beiden hatten es geschafft. Nicht erst jetzt, da sie Raum hatten, schon vorher. Maike wußte es und bewunderte sie. In der Nacht vor Uwes mündlichem Examen war Bylle krank gewesen, sie hatte gespuckt, und Elisabeth, übermüdet und erschöpft, schlief so fest, daß sie nichts davon hörte. Da war Uwe drei- oder viermal aufgestanden und hatte dem Kind geholfen, hatte weggewischt, was über Bord ging, das Bett zweimal neu bezogen und das Kind getröstet, ihm einen Wickel gemacht und es schließlich zum Schlafen gebracht. Am Morgen, als Elisabeth aufwachte, war Uwe fort, Bylle schlief, schon wieder fieberfrei und ruhig und rosig wie ein Engel, und der Junge hämmerte laut singend mit seinem Schuh an die Wand, hinter der die Studentin schlief – oder geschlafen hatte –, die sich schon dreimal mit lautem Kreischen beschwert hatte, die Kinder seien so laut, daß sie noch den Verstand verlieren würde.

Elisabeth hatte das alles sehr drollig beschrieben. »Viel wäre da nicht verlorengegangen«, sagte sie lakonisch, »aber ich hatte wundervoll geschlafen, so wundervoll wie viele Monate nicht. Das konnte sie mir nicht mehr nehmen. Und Uwe bestand, Herrgott, war das ein Tag! Ich kam mir vor, als hätte ich Flügel. Von da an wurde alles besser, wenn auch nicht sofort. Aber allmählich. Man darf nur nicht aufgeben.«

Jetzt, da sie in der Bauernstube eingezogen waren, mußte Maike oft daran denken. Noch immer wollte sie nicht wahrhaben, daß Glück nur eine Raumfrage sei – nicht nur, aber auch. Jetzt, da sie Raum hatten, gab sie es zu. Muck, praktisch und gefällig, hatte ihnen noch eine zusätzliche kleine Kammer ausgeräumt und zur Verfügung gestellt, so war das Bauernzimmer also nur Wohnraum. Und was für ein schöner! Peer hatte sich selbst kurzerhand zwei freie Tage zudiktiert und im Gewächshaus mit Säge, Bohrer und Schrauben hantiert, ohne daß die beiden jungen Frauen Zutritt erhielten – sie taten so, als wären sie sehr neugierig auf sein Werk, in Wirklichkeit freuten sie sich, Peer los zu sein, und räumten und schufteten, so daß alles schon sehr ordentlich aussah, als er wieder auftauchte. Er hatte eine Eckbank für den Kachelofen gezimmert, und, o Wunder, sie brach nicht zusammen, als sie sich probeweise draufsetzten, obwohl ein Philologe ihr Hersteller war.

Kunststück, in solch einem hübschen und gleichzeitig praktisch eingerichteten Raum mit bullerndem Kachelofen glücklich zu sein! Maike sagte sich das, ein wenig beschämt, aber sehr dankbar. Und sie nahm sich vor, die nun mit Sicherheit auftretenden Schwierigkeiten – natürlich würde es welche geben, wenn man praktisch nun zu fünft statt, wie bisher, zu zweit oder zweieinhalb gelebt hatte – nicht tragisch zu nehmen. Peer und Marlies – würde es auf die Dauer gutgehen?

Abwarten. Behutsam sein. Reibereien weitgehend vermeiden. Sie nahm sich das alles vor. Und zunächst schien sich auch ihr Leben ganz gut einzuspielen. Marlies war klug genug, sich abends, wenn Maike und Peer heimkamen, so unsichtbar wie möglich zu machen, sie kam nur herüber, wenn die beiden sie holten. Dafür scheute Maike den Weg nicht, um sooft wie möglich mittags für eine Stunde heimzukommen, Peer blieb meist in der Bibliothek und aß in der Mensa. Maike aber merkte genau, wie Muck sich freute, wenn sie mittags kam. Da saßen sie dann zusammen und besprachen alles und nichts, lachten über die Kinder, wenn die nicht schon mittagschliefen, und planten, was immer zu planen war: Mucks neues Buch oder Maikes Winterkostüm oder den nächsten Sonntagsausflug mit den Rädern, auf den sie beide Jungen erstmals mitnehmen wollten.

»Die kleinen, deinen großen aber nicht«, bestimmte Muck vergnügt, »was meinst du, wie froh Peer ist, wenn wir ihm mal einen ganz alleinigen Sonntag in unserer Burg gönnen.«

»Ja, ausnahmsweise mal«, stimmte Maike zu. Und so taten sie es und ernteten bei Peer wirklich großes Lob, er wollte sich ohne Pause seiner Arbeit widmen.

Ende November hatte Marlies Geburtstag. Maike backte einen Kuchen bei Elisabeth, damit Muck wirklich nichts ahnte, und Peer brachte ein paar gute Flaschen Wein mit heim. ›Zufällig‹ erschienen dann auch noch Uwe und Elisabeth, und es wurde eine lustige Feier. Die beiden Gäste mußten natürlich die schon schlafenden Kinder bewundern, und sie taten es uneingeschränkt. Als Peer mit der Würde des Hausherrn sich von den beiden an der Haustür verabschiedete, nahm Elisabeth ihn kurz beiseite.

»Du, sag mal eins: das ist doch Olavs Kind. Olav Hasses. Davon hab' ich nichts geahnt, und Olav wohl auch nicht«, sagte sie in ihrer resoluten Art. »Was denkt sich Marlies eigentlich dabei?«

»Sie will ihm nichts sagen. Er ist doch am Auswärtigen Amt, und da sollen die jungen Leute möglichst unverheiratet sein«, gab Peer ein wenig widerwillig zu. Elisabeth zog ihn zu Uwe. Elisabeth informierte Uwe kurz; er bemerkte, er habe es ebenfalls kapiert, so dumm sei er nicht.

»Um so besser«, sagte Elisabeth trocken. »Was meinst du?«

»Verrückt«, sagte Uwe sofort. Und Elisabeth vollendete befriedigt: »Na also.«

Peer fühlte sich in eine ihm eigentlich fernliegende Verteidigungsstellung gedrängt. Er fing an, Marlies' Gründe vorzubringen und zu verteidigen, es klang recht dünn. Schließlich sagte Uwe:

»Hör mal, Peer, vielleicht stehst du unter Schweigepflicht, ich weiß das nicht. Oder du bist zu diskret, das war schon immer dein Fehler. Aber *ich* stehe nicht drunter, und an zuviel Zartgefühl hab' ich auch noch nie gelitten, frag meine Frau. Na schön. Ich kenne Olav. Ich glaube, wenn ich Olav wäre und Uwe wüßte davon und sagte nichts...«

»Meinst du?« fragte Peer. Es klang sehr erleichtert. Uwe lachte.

»Ich meine. Handeln ist immer besser als abwarten. Auf jeden Fall hier, wo schon so lange – viel zu lange! – abgewartet wurde. Ich habe Olav übrigens vor ein paar Monaten gesprochen, ziemlich ausführlich. Er schien mir gar nicht so übermäßig begeistert zu sein. ›Egalweg Berichte‹, maulte er, ›na ja, die Wirklichkeit enttäuscht wohl immer.‹ Er muß ja nicht Attaché bleiben. Er ist Assessor und kann damit in den Staatsdienst, er kann in die Industrie, in eine Versicherung – was weiß ich alles. Lauter Möglichkeiten, bei denen er heiraten kann, sobald er will. Nee, mein Lieber, ich glaube, hier muß jemand die Stühle zurechtrücken. Hast du seine Anschrift?«

»Ich könnte sie dir besorgen«, sagte Peer, noch immer zögernd. Uwe lachte.

»Tu das, am besten sofort.« Er zog einen Block aus der Tasche, reichte ihn Peer und dazu einen Kugelschreiber. »Olav Hasse, zur Zeit Paris – das weitere bitte hierher.«

Peer schrieb, und Uwe schmunzelte. Dann steckte er den Zettel ein. »Danke. Und nun müssen wir los, mein Teurer, Elisabeth und ich sind sehr müde.«

»Uwe...« setzte Peer an und schwieg dann wieder. Uwe gab ihm einen freundschaftlichen Stoß in die Seite.

»Sag nichts. Ich nehme es auf meine Kappe. – Es ist übrigens wirklich besser, ich – oder wir, Elisabeth und ich, übernehmen diese Mission. Weil du doch hier wohnst und – kurz und gut, ich finde es richtiger so. Und verlaß dich drauf, ich gebe mir wirklich Mühe, es richtig zu machen. Glaubst du mir?«

»Ja. Danke«, sagte Peer.

Dann ging er langsam ins Haus. Maike war schon im Bett. Er merkte, daß sie noch wach war, und setzte sich auf den Bettrand.

»Ja?« fragte sie nach einer Weile.

»Ja«, sagte er. Dann schwiegen sie wieder lange Zeit. Schließlich flüsterte Maike:

»Wir müssen es abwarten. Es kann gut auslaufen und auch – nun, anders. Ich glaube aber, es wird gut. Du?«

»Ich eigentlich auch. Vielleicht nicht sofort. Vielleicht wird er zuerst verletzt sein, ich könnte ihm das gut nachfühlen. Aber eines Tages...«

»Ja«, sagte Maike, und er hörte im Dunkeln an ihrer Stimme, daß sie jetzt lächelte. Daß ihr die Augen dabei überliefen, sah er nicht – wie gut. »Ja, Peter. Eines Tages. Wie bei uns. Und auch bei Marlies und Olav wird alles in Ordnung kommen – morgen oder übermorgen.«